EDUARDO KRAUSE

PASTA SENZA VINO

PORTO ALEGRE — SÃO PAULO
2014

Preparação
Julia Dantas e Rodrigo Rosp

Revisão
Rodrigo Rosp

Capa
Humberto Nunes

Foto do autor
Itamar Aguiar

Dados Internacionais de Catalogação na Publicação (CIP)

K91p Krause, Eduardo
Pasta senza vino / Eduardo Krause. — Porto Alegre : Terceiro Selo, 2014.
288 p. ; 21 cm.

ISBN: 978-85-68076-02-6

1. Literatura Brasileira. 2. Romances Brasileiros. I. Título.

CDD 869.937

Catalogação na fonte: Ginamara de Oliveira Lima (CRB 10/1204)

Editorial
Av. Augusto Meyer, 163 sala 605
Auxiliadora — Porto Alegre — RS
contato@dublinense.com.br

Comercial
Rua Teodoro Sampaio, 1020 sala 1504
Pinheiros — São Paulo — SP
comercial@dublinense.com.br

Se amor não é, o que é este sentimento?
Mas se é amor, por Deus, que coisa é essa?
Se é boa, por que sua ação é perversa?
Se é má, por que é doce seu tormento?

Se ardo por querer, por que lamento?
Se é sem querer o lamentar, que vale?
Ó, viva morte... ó deleitoso male...
Como podes tanto sem consentimento?

E se eu consinto, sem razão pranteio.
A tão contrário vento, em frágil barca,
Eu vou para o alto-mar, sem governo.

É tão grave de erro, de ciência é parca,
Que nem mesmo eu sei bem o que anseio.
E tremo no verão, ardendo ao inverneio.

Francesco Petrarca
Soneto XXII

Norma,
Obrigado pela presença. Te deixo agora com meu amigo Antonello.
Abraço,
Eduardo Krause

Aos meus pais,
Eduardo Battaglia Krause
e Maria Moresco

1993

— Pasta?

— Si, signore! Tavola sette, spaghetti al sugo per una persona!

Mesa sete, espaguete ao molho sugo. O prato mais simples e econômico do cardápio. Podemos dividir as pessoas que fazem este pedido em dois perfis: ou trata-se de um autêntico apreciador da culinária italiana, entusiasta da divina comunhão entre molho de tomate, manjericão e spaghetti al dente; ou trata-se de um pão-duro.

Normalmente é o segundo perfil.

Ajeito os óculos engordurados e espio o ristorante pela janela redonda da porta da cozinha. Lá está la tavola sette. A mesa é para quatro pessoas, mas apenas uma mulher a ocupa. Nas demais cadeiras, sacolas das mais elegantes grifes tomam assento. Sorrio em antecipação. O que é sempre mau agouro.

La donna solitária tem por volta de cinquenta anos, cabelos negros bem pintados, vigorosamente armados em um capacete de laquê. Seus olhos e boa parte do rosto são ocultados por enormes óculos escuros, desses que fazem a gente ficar parecendo uma mosca. Sob as lentes, diria que os lábios já viveram dias gloriosos, se relevar os inevitáveis vincos ao redor. Daqui de longe, apostaria que nessa boca está quase surgindo um sorriso. Certamente porque não sabe que sequer comecei a preparar seu spaghetti.

Gosto de observar as pessoas, ainda mais quando estão aguardando um pedido. Pena que este não seja um hábito aconselhável a um chef de cozinha. Me agrada analisar se estão ansiosas, visando apenas resolver essa necessidade fisiológica que é a fome. Ou se estão serenas, contemplativas, antecipando os sabores por vir. Quantas vezes já experimentara esse prato? Será que o cheiro traz à tona alguma lembrança? Sempre fui capaz de ficar longos minutos nestas conjecturas. Reflexo de meus tempos de vagabundagem profissional.

O barulho de um prato quebrando me desperta. Talvez o terceiro do dia. As pessoas acertam em cheio quando imaginam que a cozinha de um ristorante é barulhenta e caótica. Ainda mais em uma cidade turística como Firenze, com milhares de mesas a serem servidas todos os dias. "Quando estive em Florença, almocei em um restaurante maravilhoso, imperdível!", diz o visitante ao voltar à sua terra após realizar o fetiche de comer comida italiana na Itália. Por mais que quase todos os pratos servidos sejam pré-prontos ou feitos por assistentes de cozinha vindos do leste europeu. Quase todos menos o spaghetti al sugo della tavola sette. Esse, eu mesmo prepararei.

Seleciono os melhores tomates e tiro pele e sementes antes de picá-los e adicioná-los ao molho della casa. Em seguida, fatio finamente um dente de alho. Como no filme *Os bons companheiros*, na cena em que mafiosos fazem isso utilizando uma lâmina de barbear: quanto mais fino, melhor para dissolver. Segredo italiano que o americano Scorsese não teve pudor em revelar. Va bene, o diretor vem de família ítalo-americana, mesmo assim... onde eu estava? Ah, sim, il sugo. Adiciono um espesso fio dourado de nosso melhor azeite toscano ao molho, que ganha corpo sobre fogo baixo. Então separo cem gramas de spaghetti grano duro e, com um punhado de sal grosso, lanço a pasta em uma panela de água fervente.

Fecho os olhos e inspiro. O cheiro da cozinha, de todos os pratos preparados ao mesmo tempo, brinda minhas narinas. Por mais que os anos passem, meu olfato jamais se acostuma a esse perfume celestial. Pouco a pouco vou adicionando segredos à poção vermelha, deixando os ingredientes cumprimentarem-se na medida em que o spaghetti entrega-se na água escaldante. Quando a massa está al dente, é hora de mergulhá-la nel sugo. Por fim deslizo o resultado para um prato, enfeito com folhas de manjericão fresco e è pronto. Parla!

Ajeito os óculos novamente. Lavo as mãos, tiro o avental e me vejo refletido na porta de uma das geladeiras de metal. Em um reflexo idiota, passo a mão em meus cabelos acinzentados, como se houvesse o que ajeitar. Então ergo o prato e vou em direção à mesa sete. Os demais clientes estranham a imagem do chef adentrando o salão, carregando um pedido. Os funcionários, não. Não é a primeira vez que faço as vezes de garçom. Longe de ser. Apesar disso, sinto meus músculos tensos. Procuro relaxar, respirando fundo e estufando o peito. Mas é duro comprimir uma barriga de mais de vinte anos de cozinha. Alheia às minhas inquietações, a freguesa sorri quando percebe minha aproximação.

— Buongiorno, signora.

Tento soar como um locutor de rádio, envolvente. Mas o que digo sai titubeante, como quem se recupera de um derrame cerebral. Hoje em dia as pessoas chamam de AVC, mas no meu tempo era derrame mesmo. Ela responde com um bom grazie, sem sotaque ou nervosismo aparentes. Mas grazie é fácil. Com um movimento solene, pouso o spaghetti diante dela. La donna segue sorrindo, agora com a pasta refletida nas lentes negras dos óculos. Parece encantada com o brilho e a cor do molho de tomates. E isso me faz palpitar.

A hora de servir é sempre um momento de desapego. É como entregar um filho a um assassino. E ainda assim desejar que o malfeitor aprecie cada momento do sacrifício. E quando o pai é um italiano e a cria é una pasta, o enredo ganha tons de ópera. Afinal, o drama está em nosso sangue. E, aos olhos e bocas do mundo, massas são como nossa bandeira. Uma instituição nacional, tema de controversos debates. Inclusive sobre sua origem. Quase todas as regiões da Itália possuem suas próprias lendas a esse respeito. Em Venezia, se diz que foi Marco Polo quem as trouxe da China, e que por lá chegou primeiro. Já os sicilianos juram que a massa aportou antes pelo sul, através de viajantes gregos. Ou árabes, dependendo do povoado. O problema somos nós, os florentinos: pelo fato de Florença ser o berço do Renascimento, temos mania de achar que tudo é originário daqui. Ou que renasceu por aqui e só então passou a ser bem feito. Do soneto ao zíper.

La signora se move, me despertando. Com delicadeza, ela ergue uma das mãos. Mas para minha surpresa, não a direciona ao garfo. Seus dedos, delgados e cheios de anéis, buscam o recipiente com queijo parmigiano ralado que se encontra ao centro da mesa. E suo frio diante da barbárie iminente. Sem misericórdia, a mulher emborca o receptáculo de metal sobre o prato. A metáfora do sacrifício do filho me retorna à mente como um filme de terror. Com movimentos firmes, ela sobe e desce o vasilhame prateado pelos ares, cobrindo a massa com todo o queijo de que a mesa dispõe. Três cruéis estocadas, com as quais soterra o inocente molho e aniquila o próprio pedido. Um crime hediondo, praticado à plena luz do meio-dia. E eu aqui, inerte. Testemunha tão imóvel quanto a vítima.

Suspiro, resignado. Sem ânimo para dizer qualquer coisa, dou as costas à cena e retorno lentamente à cozinha. Ainda vejo, pelo reflexo da janela redonda, que a freguesa da mesa sete ergue os olhos, escondidos atrás das lentes escuras, como uma criminosa mascarada. Não sei se à minha procura ou em busca de mais algum item com o qual possa seguir vilipendiando o prato original. Quem sabe catchup?

Mas não me importo. Pelo menos, não mais. Infelizmente, é apenas mais uma cliente do segundo perfil.

1963

Para uma mulher solitária, não há lugar como a Piazza della Reppublica. A ela, basta sentar em um dos bancos de concreto que circundam a praça. Aqueles com vista para o topo da Catedral de Santa Maria del Fiore, o famoso Duomo de Firenze, são os mais agradáveis. Outra boa sugestão é fingir que lê um livro. Não há necessidade de realmente lê-lo: antes mesmo do segundo capítulo, algum ragazzo ou signore interromperá a leitura.

O início de tudo é um sorriso. O interessado para diante do alvo, observa e apresenta os dentes. Fica assim até que ela não tenha outra opção a não ser olhá-lo de volta. E quando a ragazza retribuir o olhar, mesmo que por reflexo... pronto. Ele se aproximará com um buongiorno. E estenderá a mão, com cortesia. Perguntará seu nome, sua nacionalidade (ele saberá que é turista, como se farejasse) e percorrerá um sinuoso caminho que culminará em um inocente convite para um café. E do café à cama, tudo é mera questão de etapas, provavelmente com uma garrafa de vinho em algum ponto do percurso. Assim, a incauta da piazza acaba por cair na teia de um marpione.

Sei porque sou um.

Afinal, todo italiano o é, em maior ou menor grau. Nossa língua é a única que possui um termo específico para designar os homens que são especialistas em cortejar mulheres em qualquer lugar, a qualquer hora do dia. "Buongiorno, mi chiamo Antonello". É assim que normalmente começo. O famoso "Ciao, bella!" existe, mas não gosto dessa abordagem. É acintosa e dá margem à gozação. Para mim, o segredo está em sempre soar sincero e trivial, mesmo ao declamar o galanteio mais estúpido. Como em toda forma de arte, a teoria parece fácil. Mas é somente com muita prática que se chega à maestria. E tempo para isso não me falta. Inclusive, posso dizer que essa conduta é parte vital de meu trabalho.

— Dio Santo, Antonello! Ancora oggi in ritardo!

— Mi dispiace, signor Duccio... mio babbo si è amalatto e...

— Va bene, va bene... vai al tuo posto, Toni... vai, vai!

Preciso pensar em novas desculpas para meus atrasos. Tão desenvolto com as mulheres, fraquíssimo em explicações para o patrão. Dizer que meu pai está doente não serve mais. Apesar de saber que signor Duccio não me demitirá, devo renovar nosso script matutino. Em respeito à perda de tempo de ambos.

Meu trabalho é simples: sou recepcionista no Gran Caffè Ristorante Giubbe Rosse, um dos mais tradicionais de Firenze. Passo os dias, da hora do café ao jantar, em frente ao ristorante, com uniforme parecido com o dos garçons, apesar de não ser um deles. Aliás, basta uma avaliação rápida para perceber que sou o oposto dos homens das bandejas: cabelo sempre desarrumado, barba meticulosamente mal feita, horários flexíveis.

O Giubbe Rosse fica na Piazza della Reppublica, entre as praças do Duomo e della Signoria, no coração da cidade. Uma majestosa área retangular a céu aberto, cercada por cafés e lojas de grife. Meu ofício se resume a observar o movimento da piazza, flertar com turistas, distribuir cartões, descrever o piatto del giorno e admirar os artistas de rua. Assim, não é difícil imaginar a antipatia que meus colegas garçons nutrem por mim. Sempre esbaforidos, acabam sendo meros coadjuvantes em uma ópera onde eu e nosso chef Duccio Battaglia somos as estrelas. Dessa forma, meus parceiros mais calorosos são os recepcionistas dos restaurantes rivais. Em vez de inimizade, com eles tenho divertida concorrência. Um marpione a sacanear outro não é motivo para briga, mas sim para boas risadas. Sacanagem. Aí está uma bela palavra brasileira. Não é apenas a língua italiana que possui termos só seus.

— Toni, che ne pensi? Secondo me, americana.

— È bella... ma è francesa. Sono sicuro.

Nicola, do Ristorante Orcagna, na Piazza della Signoria, é meu melhor rival. Ambos em plena forma, aos gloriosos vinte e cinco anos de idade. Assim como já disputamos muitas turistas, diversas vezes unimos forças para conquistar duplas de desavisadas. Admito: a maior parte de nossos esforços é voltada a conseguir garotas para nós mesmos, não para os restaurantes. Se possível, com alguma mordomia, bancada pelas visitantes mais endinheiradas. Enquanto boa parte da juventude italiana, principalmente a que tem estudo e bom teto, protesta por mais oportunidades, mio amico e eu lutamos apenas por um bom par de pernas para passar a noite.

Diante do Orcagna, fumamos e debatemos sobre um alvo em potencial. Ele diz que é americana. Eu, que é francesa. Arrisco que mademoiselle tem em torno de quarenta anos. Cabelos castanhos, longas pernas, pesado vestido cinza. Roupa estranha para um dia de verão. Mas francesas são assim, excêntricas. Observamos enquanto ela parece absorta por um livro. Pedindo para ser abordada.

Já é uma da tarde. O Giubbe Rosse deve estar lotado neste momento. Ainda mais por estarmos no primeiro domingo de setembro, um dos últimos do verão. Era lá que eu estava há nem sei quanto tempo, ouvindo sermão do chef. Mas manhã vai, conversa vem, quando percebi já estava aqui. O correto seria partir e deixar Nicola trabalhar. Afinal, este é o seu território. Mas me levanto, apago o cigarro, ajeito o cabelo e caminho em direção à donna sobre a qual especulamos. Ouço um grunhido de Frank (é assim que Nicola gosta de ser chamado, graças a uma semelhança com Sinatra que, ao que parece, só ele é capaz de ver). Sorrio sem olhar para trás. E sei que ele também ri.

— Buongiorno. Mi chiamo Antonello.

Num susto, ela se volta para mim com olhos arregalados. Seus cabelos acobreados exalam um forte perfume. Francesa, definitivamente.

— Buongiorno... mi chiamo Stephanie Green.

— Parla italiano? Brava! Di dove sei?

— Stati Uniti.

Típico dos americanos, responder dizendo o nome completo. Seu italiano é carregado de sotaque e o nariz é um pouco maior que o ideal. Mas nada que seus vívidos olhos azuis não compensem. Confiro seu livro: um guia turístico, aberto justamente na página que indica os restaurantes de Firenze. Em meu melhor inglês, pergunto se posso fazer uma sugestão. Ela, que de assustada evolui para desconfiada, diz que não preciso me incomodar. Sem desfazer o sorriso, pouso o dedo indicador sobre o nome do Giubbe Rosse grifado em seu guia. Por mais mal intencionado que esteja, trata-se de um conselho honesto. O Giubbe é realmente um dos melhores da cidade.

Solícito, afirmo que neste local ela encontrará a melhor bisteca da cidade. E que antes mesmo da sobremesa, o estranho aqui terá se tornado uma pessoa confiável. A mulher apenas me observa, impassível. Então me despeço com um "buona giornata, signorina" e saio de cena. L'americana nada diz.

Uma pena. Quando me aproximei, notei a aliança com um reluzente diamante em sua mão esquerda. Logo, há um signor Green. Mesmo assim, a chamei de signorina, só pelo esporte. Bom, poupei Nicola da perda de tempo. Procuro Frank e o encontro explicando a uma loira que a estátua de Davi que ela vê na Piazza della Signoria é, na verdade, uma cópia da original, há muitos anos transferida para a Galleria dell'Accademia. Analisando o tom de loiro, apostaria que é finlandesa.

Segundo sermão do dia. Apesar da cena recorrente, o diálogo nunca é inspirado. De um lado, desculpas ruins. Do outro, reprimendas frouxas. No fim, tudo não passa de um melancólico "non ti faccio andare via per rispetto a Gennaro". Imagine, não me demitir por respeito ao meu pai... a verdade é que tanto eu quanto Duccio usamos o velho como desculpa.

Enquanto o chef volta à sua cozinha, retorno à minha piazza. Visto novamente o paletó vermelho do ristorante e só agora, uma e meia da tarde, examino o prato do dia: agnello arrosto con patate. Bela pedida. Nosso cordeiro assado com batatas é perfeito para os turistas que finalmente percebem que nossa gastronomia não é feita só de massas e pizzas. Estufo o peito e sorrio para a tarde de sol. Mais um verão que deixará saudades.

Porém, uma visão inesperada me faz retornar por onde vinha. Com uma série de movimentos rápidos, me escondo na cozinha. Assim, signora Green, que vem lentamente pela Piazza della Reppublica, adentra nosso estabelecimento sem me ver. L'americana veio! Satisfeito, espio seu atendimento enquanto finjo que ajudo nos afazeres da cozinha. Ela pede bisteca e um cálice de vinho branco. Sem saber, morde a isca. E como em uma cena de filme, tudo acontece ao som da ária *La donna è mobile*, cantada por um desses tenores de rua que transformam trechos de ópera em chapéus recheados de moedas.

La donna è mobile!	*A mulher é volúvel!*
Qual piuma al vento,	*Como pluma ao vento,*
muta d'accento...	*muda de tom...*
E di pensiero!	*E de pensamento!*

Rapidamente, o vinho é servido. Da porta da cozinha entreaberta, observo enquanto ela bebe um singelo gole do grande cálice de cristal. L'americana refresca-se, olhando ao redor sem sinal de empolgação.

È sempre misero	*É sempre miserável*
chi a lei s'affida,	*quem a ela se entrega,*
chi le confida...	*quem lhe confia...*
Mal cauto il cuore!	*Incautamente o coração!*

Sem demora, praxe de nosso serviço, sua bisteca é servida. Stephanie olha com curiosidade para a carne guarnecida por salada e batatas cozidas. Um prato simples, que aparentemente não lhe causa maior entusiasmo.

Pur mai non sentesi	*Também nunca se sente*
felice appieno,	*feliz a pleno,*
chi su quel seno...	*quem em seu seio...*
Non liba amore!	*Não saboreia o amor!*

Com requinte, ela bebe mais um gole do vinho branco. E corta um suculento pedaço da carne, levando-o à boca com o olhar perdido na piazza. Então, la donna fecha os olhos. E pela primeira vez mostra seu sorriso.

La donna è mobile!	*A mulher é volúvel!*
Qual piuma al vento!	*Como pluma ao vento!*
Muta d'accentoooooo...	*Muda de tooooooom...*
E di pensiero!	*E de pensamento!*

Confio mais em nossa bisteca do que em mim mesmo. A iguaria mais tradicional de Firenze é levada a sério por aqui. É Duccio em pessoa quem a prepara, com desenvoltura infinita. A princípio, a bisteca fiorentina não tem mistérios: trata-se de um corte bovino similar ao t-bone, de altura generosa. É assada em pé, sustentada por seu osso, em brasa incandescente, de modo a criar uma crosta feita do sangue que escorre ao redor. É servida bem passada por fora e quase crua por dentro, temperada apenas com sal, azeite de oliva e alecrim. L'americana saboreia com lânguida satisfação. Nunca falha.

Sigo fingindo tarefas enquanto espio seu almoço. Meus colegas sabem que estou aprontando algo, mas não têm interesse em descobrir o que é. Assim, permaneço ocultado pelo desprezo deles até signora Green terminar seu prato. Minha deixa. Ajeito o cabelo e vou em direção à sua mesa. Abrupto, puxo uma cadeira e me sento. Como da outra vez, Stephanie leva um susto. Em inglês, pergunto como foi seu almoço. Ainda surpresa, ela afirma que foi wonderful. E entrega-se: após a bisteca, percebeu que de fato poderia confiar em mim. Digo então que mais do que confiar em mim, deveria confiar em nosso tiramisù. Ela sorri enquanto volto à cozinha, sem lhe dar chance para pensar.

Assim que retorno com a sobremesa, la donna afirma que não sou tão de confiança assim. Afinal, trabalho aqui. E insinua que na verdade sou perigoso. Ao dizer que sou dangerous, como se o dissesse a si mesma, ela deixa escapar um sorriso malicioso. Então admito que sou empregado do Giubbe Rosse, mas complemento: por sua causa, quase perco o emprego. Afinal, quando nos conhecemos, a observava em vez de trabalhar.

Deixando-se flertar, ela pergunta por que a observava. Ambos sabemos a resposta correta. Ou, ao menos, a que ela quer ouvir. Então olho profundamente em seus olhos e, apesar de termos conversado em inglês desde que nos reencontramos, sussurro em italiano.

— Perchè sei una bellìssima donna, Stephanie.

Ela enrubesce de maneira fulminante. Para descontrair, peço que guarde segredo sobre minha escapada. Em troca, uma dose de limoncello por conta da casa.

Limoncello. Outro que nunca decepciona. Um licor de limão siciliano, quase trinta por cento de teor alcoólico, servido geladíssimo. Mais uma vez, me dirijo à cozinha antes que ela tenha tempo de raciocinar. Tudo sob o olhar de revolta de Giuseppe, veterano garçom que atendia sua mesa até minha intromissão, temente pela gorjeta.

Após a terceira rodada de limoncello, Stephanie irrompe em um monólogo. Entre tantas coisas, diz estar realizando seu sonho. Que, no caso, é o de quase toda mulher ocidental: conhecer a Itália. La donna ainda conta que amanhã segue para Venezia e que seu italiano vem de aulas realizadas nos Estados Unidos (em uma cidade cujo nome, como sempre, esqueço imediatamente após ouvir). De interessante, somente o momento em que, num arroubo raro às mulheres, confessa a própria idade: cinquenta e dois anos.

E nada de mencionar um signor Green. Uma viúva, portanto. Ela olha para o relógio e pergunta se é para mim que deve pedir a conta. Então vou ao caixa e retorno com o valor a ser pago. Prontamente, la donna abre a bolsa e me estende a quantia em dólares, acrescentando bem mais que o usual pelo serviço. Agradeço e digo que a gorjeta não deve ser dada a mim, mas sim ao garçom que a atendeu. Sorridente, chamo Giuseppe. Quando ele se aproxima da mesa, dou-lhe tapinhas nas costas e deposito o dinheiro em seu bolso. O velho me olha com fúria, ao que respondo com uma piscadela. Stephanie ri. Ele, não.

Com vagar, a freguesa levanta-se e caminha rumo à piazza. Eu a acompanho. O tempo foi generoso com a americana, uma cinquentona mantida a bons cremes. Já sob o sol, paramos e calamos. Aguardo que ela tome a iniciativa de dizer qualquer coisa. E quando la signora Green finalmente abre a boca para falar, a interrompo.

— Mi è stato un piacere, signorina Green.

Beijo sua mão, acariciando seus dedos. E largo-a, jamais desviando meus olhos dos dela. Então simplesmente dou-lhe as costas e retorno. Desapareço cozinha adentro, de onde espio seu torpor pela mesma fresta de antes. La donna fica onde a deixei por um longo minuto. Por fim sorri com melancolia, gira nos calcanhares e vai embora pela Piazza della Reppublica.

Uno... due... tre... conto até dez e corro em direção a Stephanie. Os garçons, enojados com a cena recorrente, reviram os olhos.

— Stephanie... aspettami!

Atônita, ela congela em meio à piazza. Me aproximo e pergunto onde ela estará às oito horas. Signora Green diz que não tem planos, que está livre. As palavras parecem lhe escapar pelos lábios. Então anuncio um convite: às vinte horas em ponto, encontrar-me na Ponte Vecchio, a ponte mais famosa de Firenze. Para de lá eu levá-la ao lugar mais bonito da cidade. La signora suspira. Quando faz menção de responder, a interrompo mais uma vez. Digo que não precisa dizer nada, basta estar lá, na hora marcada. Enfim, sussurro um furtivo ti aspetto e retorno ao ristorante mais uma vez. Um violino na piazza finaliza a cena excessivamente piegas. Devo uma moeda ao músico.

Enquanto me aproximo de meu posto, percebo uma família também se encaminhando ao mesmo lugar. Aperto o passo e chego ao Giubbe Rosse junto com eles. Abordo o que parece ser o patriarca e agradeço por terem escolhido nosso ristorante. Sorrio, puxo cadeiras, distribuo cardápios e pronto: todos sentados em uma grande mesa. Da cozinha, chef Duccio sorri, pensando que os atraí. "Mais sorte que juízo", teria dito minha mãe, em bom português.

O sino do Duomo soa quatro vezes. Dio Santo! La partita! Fiorentina versus Atalanta, segunda rodada do Campeonato Italiano. Sem pensar duas vezes, tiro mais uma vez o paletó vermelho, vou à despensa, saco minha camisa cor de violeta, subo na bicicleta e pedalo o mais rápido que posso rumo al stadio. Com o cabelo ao vento, sorrio ao recordar de uma aposta que fiz com Nicola: um vinho pelo resultado do jogo. Analisando os times friamente, previ empate, sem medo de errar. Já Frank acredita em vitória. Mas com ressalvas: no máximo um a zero, o time não empolga nesta temporada.

Nisto concordamos. "Partita durìssima, caro", profetizei.

FIORENTINA QUATRO, ATALANTA ZERO. Um massacre. Na saída do estádio, a torcida delira, assim como Fiorella, velha amiga do guichê da bilheteria. Uma ragazza um pouco acima do peso, è vero, mas com o irresistível poder de me deixar entrar sem pagar. Por um ingresso, prometi sair com ela na próxima sexta-feira. Vale tudo pela Fiorentina. Tutto per la squadra viola di Firenze!

Retorno ao Giubbe Rosse extenuado. Já são sete horas, mas o sol segue firme no céu. Por longos minutos sento em meu posto e fico a sondar meus colegas. Sorrio, pois todos me ignoram, me levando a crer que minha ausência ao longo das últimas horas passou em branco. Assim, é com sensação de dever cumprido que tomo um rápido banho de pia, visto uma camisa branca e saio para meu encontro de hoje, a terceira escapada do dia. Não esquecendo, é claro, de levar uma garrafa de vinho branco, pequeno empréstimo junto à adega do ristorante. Afinal, já perdi um vinho para Nicola hoje.

Da Piazza della Reppublica à Ponte Vecchio são menos de cinco minutos de agradável caminhada. Como esperado, signora Green me aguarda no local marcado, bem ao centro da ponte. Beijo-lhe a mão e agradeço por confiar em mim novamente. La donna responde com elegância, dizendo que da primeira vez não se arrependera. Então levo uma das mãos à sua cintura e a conduzo à outra margem do Rio Arno. Temos longa caminhada até a Piazzale Michelangelo, praça construída no ponto mais alto de Firenze para homenagear o maior artista da Renascença. Uma longa e íngreme escadaria nos aguarda, mas jamais vi mulher que se arrependesse do exercício.

Ao longo do trajeto, ela declama mais um monólogo desinteressante sobre sua viagem e descobertas turísticas. Ao que apenas sorrio placidamente. Já faz tempo que aprendi a suportar esses encontros sem demonstrar que na verdade estou pensando na tabela do Campeonato Italiano. Um esforço admirável, tal qual um monge que domina o corpo e a mente. Ainda mais em dia em que o time vence de goleada.

Às oito horas e vinte minutos, chegamos ao alto da piazzale. Daqui, a visão é privilegiada: à direita, a cidade; à esquerda, as montanhas da Toscana; ao centro, como divisor do esplendor da natureza com a genialidade da arquitetura humana, as águas do Arno. Não exagero quando digo que ninguém resiste a esta paisagem. Afinal, me incluo entre os admiradores. Não há vez em que venha até aqui e não me sinta satisfeito por estar vivo. Observo Stephanie e percebo que ela entende a sensação perfeitamente.

Eis o motivo pelo qual tínhamos que nos encontrar exatamente às oito horas: o crepúsculo ocorre próximo das nove horas nesta época do ano. E, visto daqui, o pôr do sol funciona melhor que qualquer um de meus galanteios cretinos. Enquanto l'americana admira a vista, caminho até Okan, turco mercador que, entre tantos outros, vende petiscos e suvenires pelo local. Peço duas taças de vinho e um balde de gelo emprestados. Na verdade, nem é preciso: ao me ver chegar, Okan já os tinha separado.

Os degraus estão lotados de turistas e casais. Retorno ao meu posto junto de Stephanie e nada dizemos até o sol partir por completo. E quando ele se esconde exatamente onde o Arno, as montanhas e a cidade se encontram, todos aplaudem. Algumas mulheres deixam uma lágrima rolar. Um homem entusiasmado grita "Bravo, bravíssimo!". Já eu, peço um brinde.

— Signorina Green...

— Signora, Antonello. I have a husband.

Então finalmente l'americana abandona o italiano e, no amparo da língua-mãe, desabafa sobre mister Green. Ao que consta, a viagem à Itália seria uma tentativa de reconciliação com o marido, após a descoberta de um affair dele com outra mulher. Um recomeçar, uma segunda lua de mel. Porém o filho deles veio junto, em uma ideia nada romântica de seu esposo. E os dois homens passam os dias dormindo ou fazendo programas diferentes dos que ela passou a vida sonhando em fazer. Com voz embargada, la donna pergunta se acredito que eles preferiram passar a tarde assistindo a uma partida de futebol em vez de ir aos museus com ela. Absurd, digo olhando para o nada.

Faz-se novo silêncio. Após alguns instantes, sirvo nossas taças e a encaro. Com um suspiro, ela aceita o vinho e retribui o olhar. Toco suas mãos e observo o grande diamante de sua aliança reluzir. Então ajeito meu cabelo, acaricio seus dedos e balanço a cabeça, fingindo incredulidade.

— Con una bella donna come te, Stephanie...

La signora Green me olha ansiosa, seus olhos mais azuis do que nunca. Quase ouço seus pensamentos. "Com uma bela mulher como eu o quê? Diga, Antonello!", ela parece arquejar por dentro. Mas não chego a terminar a frase. Interrompo a mim mesmo beijando-a longamente diante da lua, que se apresenta para seu expediente em meio a tons de azul, laranja e rosicler.

Tateio o chão até encontrar um relógio que não é meu. Onze da manhã. Há três horas, um sermão me aguarda no Giubbe Rosse. Me espreguiço e olho para o lado. Nua sob os lençóis, Stephanie dorme profundamente. Não parece nem um pouco preocupada por estar às vésperas de partir para Venezia, com um marido e um filho provavelmente a procurá-la. Sento na beira da cama do quarto do hotel em que passamos a noite e me pergunto que tipo de homem é mister Green. Um peccato a indiferença com que trata a esposa. Uma mulher elegante, de infinitos olhos azuis. E para completar minha lástima, poucas mulheres chegam aos cinquenta com uma bunda como essa. Bunda. Outra bela palavra brasileira. Acho que nenhum outro povo possui um termo tão sonoramente adequado para se referir a essa parte da anatomia humana.

Volto os olhos mais uma vez aos ponteiros do pequeno Bulova. Quantos meses teria que trabalhar para comprar um relógio assim? Devolvo-o ao chão e me levanto, já vestindo a calça. Afinal, esse cálculo comparativo entre o valor do objeto e meu salário perde todo o sentido caso eu seja demitido. Silenciosamente, pego um cartão do Giubbe Rosse em meu bolso e escrevo um recado com uma caneta que encontro na cômoda. Um verso, uma despedida qualquer. E parto com a camisa ainda aberta. Minha pressa nada tem a ver com estar atrasado ou não querer despertá-la. Apenas quero evitar o momento pouco romântico de pagar a conta do hotel. Por isso, desço as escadas, me esgueiro pela recepção e rapidamente me misturo aos turistas nas ruas. Sem café da manhã, corro para minha reprimenda. Imagino que Stephanie também terá a sua quando ressurgir no lugar em que ela, marido e filho estão hospedados. Espero que mister Green seja tão ruim de debate quanto signor Duccio.

Assim que chego ao ristorante, vou à despensa vestir o paletó vermelho. Mas logo que saio do vestiário improvisado, dou de cara com Giuseppe. Com satisfação indisfarçável, o velho garçom anuncia que o chef me aguarda na cozinha. Imediatamente. Sem ânimo para discutir, apenas acato a ordem.

— Tre ore di ritardo, Antonello!

Diante do patrão em fúria, balbucio. Digo que houve um imprevisto. Um problema com... o pneu da bicicleta. Duccio bufa: então ao que parece a bicicleta veio trabalhar sozinha. Claro. Desde ontem, quando voltei da partida da Fiorentina, la bici está cadeada em um poste da piazza.

— Antonello... per tuo padre, che rispetto tanto...

Mais uma vez a ladainha sobre meu pai, apesar de ambos sabermos que não serei demitido. Primeiro, em consideração ao velho Gennaro Bianchi. Segundo, porque Duccio sabe que não tenho para onde ir. Então o deixo falar. Quando o silêncio se impõe, pergunto se acabou. Contrariado, ele apenas me dá as costas. É quase meio-dia e, mesmo sendo segunda-feira, Firenze ferve. Um artista canta *O sole mio* próximo ao ristorante e os turistas começam a se aglomerar na piazza. Faço um café e confiro o prato de hoje: Risotto di Frutti di Mare. Definitivamente, um belo dia. No que depender de mim, sem mais sermões.

Próximo das duas da tarde, o Giubbe Rosse está lotado. Consegui uma mesa de empresários, outra de estudantes, duas famílias de turistas e até o pobre tenor da piazza, que provavelmente deixará conosco todo o dinheiro arrecadado na manhã. Atrair toda essa gente me deixa exausto. Por isso vou à despensa e resolvo me dar o primeiro intervalo do dia. Mereço uma soneca.

Infelizmente, mal chego a fechar os olhos. Giuseppe, sempre ávido em me assombrar, logo bate à porta. Pergunto o que houve e o velho diz que dois homens me procuram na piazza. Levanto e penso em pedir que diga que não estou, mas logo lembro com quem estou falando. Ainda da parte interna do ristorante, vejo os tais senhores. Um aparenta ter sessenta anos, gordo, de terno preto, bigode branco e rosto nervosamente vermelho; o outro, diria ter minha idade, cabelo loiro estilo escovinha, músculos apertados dentro de um agasalho de ginástica cinza. Não parecem felizes. Nem eu, ao perceber dois detalhes importantes na cena. O primeiro é a aliança com um grande diamante na mão esquerda do mais velho. O segundo é um oficial della polizia logo atrás da dupla.

Sigo a caminhar em direção a eles. No caminho paro à mesa do tenor da piazza. Pergunto como está o serviço, ao que o artista responde com um alegre "Stupendo!". Sorrio e lhe dou um tapinha no ombro, prosseguindo calmamente rumo à entrada do ristorante. Logo os dois desconhecidos percebem minha presença e me analisam, sem saber ao certo se sou quem procuram. Já sei que sou.

Por isso, continuo me aproximando. E assim que o sol beija meu rosto, desato a correr.

Todos correm. Eu, mister Green, o jovem Green e o policial. Para desespero dos pombos, que voam enlouquecidos à nossa passagem pela Piazza della Reppublica. A cada passada rápida, uma nova dúvida. Eles não deveriam estar a caminho de Venezia? Teria Stephanie me denunciado? Mas a principal pergunta é: que crime cometi? Se bem que, na boa e velha Itália, a justiça sempre foi muito clara: in dubio, pro turista.

Fujo sob o grande arco que serve de entrada principal à piazza e entro à direita. Olho para trás e eles seguem atrás de mim, trazendo novas luzes ao meu vocabulário de xingamentos em inglês. Entro na rua seguinte e logo chego à Piazza del Duomo, diante da monumental catedral que serve de cartão postal a Firenze. O plano é me camuflar no ponto mais cheio de turistas da cidade. Mas o paletó vermelho não ajuda nisso.

O cartão! Eles devem ter encontrado o recado que deixei. Com o endereço do Giubbe Rosse e minha assinatura ao final. Pobre signora Green, deve ter passado maus bocados.

Ao que parece, mister Green acaba de entregar a missão de minha captura ao filho e ao policial, já que sumiu de vista na última vez em que olhei para trás. Percorro toda a lateral do Duomo e entro em uma rua estreita. Me embrenhar no labirinto de ruelas medievais é minha chance. Espio por sobre o ombro mais uma vez e percebo que só agora eles entram na via, quando já estou quase no fim dela. Não deve ser fácil empreender perseguição neste calor vestindo o pesado uniforme da polícia. Já o jovem Green, raivoso e atlético, parece não perder o fôlego. Penso nisso e aperto o passo. Porém meus pulmões estão mais habituados a cigarros do que a maratonas. Entro em mais uma viela, onde vejo uma série de restaurantes com mesas na calçada, dentro de pequenos cercados floridos. Pulo para dentro de um deles, me sento com duas desconhecidas, jogo meu paletó ao chão e me escondo atrás do grande cardápio do estabelecimento.

— Ei! Essa mesa é nossa!

Brasileiras. Encolhido atrás do menu, sussurro.

— Per favore, silencio! Se me ajudarem, ajudarei vocês. Confiem em mim.

As duas se entreolham e riem. Fazendo graça, também ocultam os rostos atrás de seus cardápios. Espio e vejo o filho de Stephanie surgir sozinho. Um marido traído e um policial desinteressado podem até abandonar uma caçada como esta, mas um filho jamais desiste de defender a honra da mãe. Che bello.

— Um rapaz loiro vestindo cinza entrou nesta rua. Onde ele está?

— Lá vem ele... correndo... passando... passou. Quer que o chame?

Ergo os olhos e vejo meu perseguidor já de costas, em desabalada corrida. Parece em dúvida quanto a seguir reto, entrar pela próxima rua à direita ou à esquerda. Sem saber que todas as opções estão erradas, o ragazzo vai à direita.

— E então? O que aprontou, malandro?

Pela primeira vez, olho com calma para as duas brasileiras à mesa. Uma loira e uma morena. Bonitas, mas não de uma beleza estonteante. A primeira, sentada à minha esquerda, foi a única a falar até agora. A outra, apenas sorri e me observa com simpática curiosidade.

— Grazie mille! Agora é minha vez. Escutem, este restaurante aqui é uma porcaria, coisa de turista. Vi que ainda não fizeram o pedido. Então saiam e almocem no local ao lado. Peçam Raviolli alla Crema di Tartufo. Na primeira garfada, estaremos quites.

Sorrio, beijo a mão de cada uma, pulo a pequena cerca florida e corro para o apartamento de Nicola. Sua mamma está sempre em casa e lá conseguirei refúgio, minha merecida soneca e tempo para pensar, pela primeira vez, em uma boa desculpa para chef Duccio.

Em poucas horas, toda Green family já terá embarcado para Venezia. Provavelmente de primeira classe, em compartimento privado. Terão longa viagem para discutir as relações familiares. Já eu apenas lamento o bom trabalho do início da tarde jogado por água abaixo. Realmente queria fazer uma bela figura para signor Duccio. Por mais que não demonstre, sou grato ao chef. Mas se continuarmos assim, o velho acabará tendo um colapso nervoso por minha causa. Só ele parece incapaz de perceber que não valho nem a pena, nem a úlcera.

Bato à porta e mamma Nicoletta me recebe com entusiasmo. "Toni, carino!", grita a rotunda senhora, me arrastando para dentro do colorido apartamento. Como não amar uma mulher que batiza o filho com o próprio nome? Assim que sento no velho sofá cor de mostarda, ela vai à cozinha. E antes mesmo de perguntar se estou com fome, começa a preparar um prato de tortelloni.

— Il ristorante non è aperto oggi, Toni?

Confirmo, digo que o ristorante não abriu hoje. Ela sorri, mesmo sabendo que o Giubbe Rosse abre todos os dias. Por ter sido abandonada quando estava grávida de Nicola, e por conhecer bem a mim e a sua cria, penso que ela muitas vezes apenas opte por não descobrir certas verdades. De modo geral apenas torce para que um dia encontremos o caminho de Deus. Mamma Nicoletta paga o dízimo, vai à missa todos os dias e se confessa regularmente. Em troca pede apenas que San Giovanni, padroeiro de Firenze, proteja o filho. Até hoje, tem funcionado.

Cada católico tem seu santo predileto. Sem medo de cometer uma heresia, posso dizer que minha padroeira é minha mãe. Religiosa, veio do Brasil aos vinte anos estudar para ser freira em Roma. A família devia ter bastante dinheiro, pois é difícil encontrar brasileiros por aqui. O chamado para a Igreja estava no próprio nome: Maria. Isso até certo ragazzo surgir, como de praxe na vida de toda mulher que vem à Itália. Gennaro Bianchi, jovem fiorentino recém-chegado à capital para trabalhar em um ristorante. Conheceram-se em uma dessas festas de paróquia. Meu pai cozinhava de graça nesses eventos, espécie de trabalho voluntário. Já minha mãe, como toda noviça, ajudava em tudo que fosse possível. Oração vai, spaghetti vem, logo mamma descobriu que não tinha vocação para o celibato.

Então, em 1938, nasci. Apesar da segunda grande guerra, iniciada no ano seguinte e na qual boa parte dos italianos não queria lutar, pode-se dizer que nos saímos todos bem. Babbo foi muito hábil em nos manter unidos e seguros em meio à instabilidade política, praticamente um diplomata da gastronomia. Seus serviços culinários serviram tanto para as tropas de Mussolini quanto aos Aliados, após a tomada de Roma em 44. Dessa época guardo apenas relances na memória. Nada de nazistas ou fascistas. Apenas coisas como o olhar triste de minha mãe, cuja família jamais se conformou com sua nova vida. Ou o semblante tenso de meu pai, seu desinteresse por tomar partido no conflito.

Até que, mais ou menos quando fiz sete anos, a guerra terminou sem me deixar maiores traumas. Hitler e il Duce morreram, a ocupação acabou e nos mudamos para Firenze. Aqui, Babbo rapidamente alcançou o posto de chef no aclamado Giubbe Rosse. Com seu amigo Duccio Battaglia, pode-se dizer que fez fama na Piazza della Reppublica. Duccio e sua bisteca, Gennaro Bianchi e sua ribollita fumegante. No rigoroso inverno da Toscana, costumava-se dizer que sua sopa era capaz de salvar vidas.

— Che meraviglia di tortelloni, mamma Nicoletta! Buonìssimo!

Junto as pontas dos dedos e levo-as aos lábios. Beijo o ponto em que se unem e abro a mão no ar. A robusta mulher estampa um sorriso mais largo que o rolo de macarrão que segura. Eu teria colocado um pouco menos de sal na massa para valorizar ainda mais o recheio, mas quem come de graça não opina. Frank raramente almoça em casa. Muitas vezes aparece apenas de madrugada, acompanhado de alguma ragazza, enquanto sua mamma finge que dorme. Por isso a alegria dela em ver alguém apreciando sua comida ainda quente.

Beijo a bochecha enfarinhada da velha Nicoletta e, sem cerimônias, vou ao quarto de seu filho em busca da tão almejada soneca. Enquanto ela retorna aos seus afazeres, fecho as janelas. Ouço a mãe de Nicola sintonizar o rádio em algum festival da canção e fecho os olhos. O plano é descansar até o último trem para Venezia partir. Depois retornar à Piazza della Reppublica e pegar minha bicicleta. Para, após duas noites ausente, enfim voltar para casa. E conferir, como de praxe, se meu pai ainda está vivo.

NÃO SÃO NEM NOVE DA MANHÃ e já estou em meu posto. Signor Duccio sorri à minha chegada e me cumprimenta com franco entusiasmo. Às vezes sua esperança em mim quase me contagia. Pelo visto a ocorrência com os Green não gerou maiores repercussões. Satisfeito, busco um dos tantos paletós vermelhos no armário e leio o prato do dia: Petto di Pollo alla Marsala. O que leva a crer que o frango estava com bom preço no mercado esta manhã.

Quando bambino, sempre acompanhava meu pai e signor Duccio nas idas ao Mercato Centrale. Se um prato é como uma pintura, é lá que estão as tintas. No velho mercado aprendi a escolher legumes e verduras, analisar uma boa carne e apreciar um lampredotto, orgulho fiorentino. Onde mais, se não em Firenze, temos um povo apaixonado por um prato feito à base de intestino de boi? Adorava sentar nas banquetas altas à beira dos balcões e experimentar as mais diferentes iguarias. Me sentia um gigante a desvendar sabores.

A manhã passa devagar. À medida que o meio-dia se aproxima, il ristorante se torna movimentado ao natural. Às vezes é assim, não é preciso atrair ninguém. Sento em um dos bancos da piazza e, enquanto assisto a um mágico fazer seus truques, supro meu pulmão de sua cota matinal de fumo. Na hora em que o artista resolve passar o chapéu, volto meu olhar ao Giubbe Rosse e vejo duas moças conversando com Giuseppe. Com a antipatia que lhe é peculiar, o velho aponta para mim e vira as costas. Elas me acenam. Levanto e caminho em direção às duas, ajeitando o cabelo e me perguntando quem seriam. Mas ao perceber a sacola que uma delas carrega, com uma manga vermelha saindo para fora, entendo tudo. São as brasileiras de ontem. Trazendo o paletó que abandonei na fuga. Simplesmente havia esquecido. E a reposição certamente seria descontada de meu salário. Agradecido, as saúdo em meu português fluente:

— Mas que grata surpresa! É uma honra tê-las em minha casa.

— O homem fala português mesmo... só não bate bem da cabeça. Se intromete no almoço de estranhas, esquece coisas por aí...

— Vejo que estão com meu paletó. Grazie! Mas como me encontraram?

— Os bolsos estão cheios de cartões do restaurante. Não foi difícil. Então descrevemos você para aquele garçom.

— Claro... e posso saber como me descreveram?

A loira falante ia responder quando, pela primeira vez, a morena se manifesta.

— Pergunte ao seu colega. Ele parece gostar muito de você.

Sorridentes, todos se apresentam. A loira se chama Isabel. A morena, Aline. Turistas do Rio de Janeiro. Ricas, portanto. Sorrio e as convido para almoçar no Giubbe Rosse, prometendo atendimento especial. Isabel então diz:

— É isso mesmo! Atendimento especial e o escambau. Quero ver gringo aprender que brasileiro é honesto!

Aline revira os olhos e diz suavemente:

— Aceitamos. Afinal, depois do raviole com creme de tartuflas de ontem, quem tem que agradecer somos nós. Estava uma delícia.

O correto é tartufo. Mas não corrijo. Gostei dela ter lembrado do prato que sugeri.

— Eis o menu, garotas. Fiquem à vontade.

Isabel irrompe em novo escarcéu.

— Mas a comida aqui é feita de ouro? Olhe esses preços!

Sem desfazer o sorriso, anuncio que não será cobrado o serviço. Neste instante, Giuseppe me encara com a fúria habitual. Faço sinal indicando que eu mesmo as atenderei. Ao que o velho responde com grunhidos em algum dialeto arcaico. Então Aline toca meu braço e pede desculpas pela amiga. Diz que nunca a vê reclamar assim quando o assunto é o valor de um sapato. Questão de prioridades.

— Minha prioridade, por exemplo, é ter uma refeição ainda melhor que a de ontem. O que nos diz, Antonello?

Meu sorriso, até então teatral, se torna sincero.

— Fiquem tranquilas. Como já disse, vocês estão em minha casa.

Giuseppe não é um poliglota, mas português e italiano são línguas muito parecidas. A impressão que tenho é que cada vez que digo "minha casa", o velho pensa em atirar uma faca em minha direção.

— Tome. Pode pegar o cardápio de volta. Você decide, estou em suas mãos.

— Brava, morena. E você, Isabel?

— Me traz uma lasanha então.

— Pesto ou bolognese?

— Lasanha, ora! Lasanha é tudo igual.

Meu sorriso volta a ser teatral.

— Va bene, bolognese. E para beber? Água? Coca-Cola? Vinho?

— Vino sempre!

Me surpreendo com a animada resposta em italiano. "Vinho sempre!", diz Aline, com um olhar quase infantil. Isabel fala que bebe o que a amiga beber, mas quase não ouço. Apenas peço que confiem em mim mais uma vez. E parto rumo à adega, carregando o paletó recuperado, feliz pelo prejuízo que deixei de ter.

"Vino sempre!", repito para mim mesmo.

Gostei.

Entrego cada pedido a um cozinheiro diferente: lasagna para um dos assistentes; spaghetti al ragu para signor Duccio. Raramente peço ao próprio chef que prepare algum pedido. E é exatamente por isso que ele me atende sem questionamentos. Seu ragu é uma das estrelas da casa. O preparo leva horas e o resultado é um molho feito com lascas de carne tão macias que podem ser partidas com um leve sopro.

Observo minhas freguesas. Despreocupadas, riso solto. Alegria de ragazza rica. Vir da América do Sul à Europa deve ser caríssimo. Ainda assim, reclamam de nossos preços. Pela primeira vez as analiso. Isabel usa vestido apertado, estampa colorida. Seu corpo é vistoso, seios grandes e acolhedores, que tremem quando ela ri. Já Aline veste azul-claro, em contraste com seu tom de pele bronzeado. Apesar do vestido mais comportado, não consegue esconder as boas pernas. Se não apresenta a opulência da amiga, destaca-se pelo rosto de traços finos. Uma é pizza, a outra é coq au vin. Nicola vai gostar da dupla.

Retorno à mesa portando uma garrafa de Giuliana Toscana, nosso vinho da casa. O mais econômico do cardápio, mas nem por isso de baixa qualidade. Trago ainda uma jarra de água natural. Essa por conta da casa e da torneira.

— Ei, ei! A gente não pediu essa água aí! Não vou pagar por água nenhuma!

— Isabel! Desculpe, Antonello...

— Calma, a água é cortesia... prometi atendimento especial, non è vero?

Sirvo as taças e assisto. Isabel bebe seu vinho em um gole só, como se fosse groselha. Já Aline ergue seu cálice, mexe o líquido em movimentos circulares e aproxima o nariz para sentir o odor da bebida.

— Brava! Temos aqui uma sommelier?

— Some o quê? Desculpe, não entendo de vinhos... só giro a taça porque acho bonito e gosto do cheiro.

Completo o serviço de entrada com uma cesta de pães acompanhados de nosso melhor azeite e deixo-as a sós. De meu posto fico atento ao movimento da cozinha. Quando os pedidos ficam prontos, confiro os pratos antes de levá-los à mesa. A lasagna parece ótima. Pena que Isabel não vá perceber que ficará ainda melhor com um toque de azeite e pimenta-do-reino. Então, resolvo fazer essa boa ação por ela. Já o spaghetti al ragu está perfeito. O que, de certa forma, me decepciona. É como se estivesse torcendo para que houvesse algo que pudesse fazer pela morena boa de garfo. Aí está uma expressão que sempre gostei. Tanto na Itália quanto no Brasil, uma pessoa que come bem ganha esse apelido: buona forchetta. Mamma sempre dizia que eu era buono di garfo, ou bom de forchetta. Brincando com essas similaridades, ainda na infância aprendi o português.

— Aqui está: lasagna para a loira, spaghetti al ragu para a morena.

— Bonita lasanha... mas podia ser maior, né? Vocês têm batatas fritas para acompanhar?

— Isabel!

— Mas eu pago pelas batatas, Line... ou também conseguimos de graça?

Quem paga, opina. Por isso volto o mais rápido que posso com as batatas fritas. Após compactuar com esse crime, retorno à piazza e tento esquecer a visão dantesca. Já as brasileiras se divertem sob a bênção de Baco.

Quando percebo que as risadas cessam, retorno. E logo vejo que Isabel não terminou sua lasagna. Então olho para o prato de batatas fritas. Como suspeitava, não restou nenhuma. Aline, por sua vez, bebe o último gole de vinho de olhos fechados, em momento íntimo com a taça. O prato vazio faz contraponto com sua expressão de plenitude.

— Você tinha razão, Antonello. O prato de hoje foi ainda melhor que o de ontem. Grazie, viu?

Decidido: Isabel fica para Nicola.

— Sobremesa?

— Não cabe, estou de bucho cheio.

— Meu Deus, Isabel... desculpe novamente, Antonello. Diga, como se fala "morena" em italiano?

— Bruna.

— Então obrigada, bruno. Estava ótimo, mas precisamos ir.

— Va bene. Mas accitem ao menos uma dose de limoncello. Por conta da casa, Isabel.

Elas se entreolham e Isabel sorri, se levantando.

— Por mais que eu goste de bebida de graça, preciso descansar. Mas por que você não fica, Line? Beba este drinque com o italiano. Vai lhe fazer bem.

Sem esperar resposta da amiga, a loira me cumprimenta com três beijos na face.

— No Brasil, é assim. Dizemos que é para casar. Bem, a conta é com você, Line. Ciao, belos! — diz Isabel, rebolando piazza afora e nos deixando a sós.

— Então, Antonello... me mostre este tal de *limartchelo*.

Novamente não a corrijo. Apenas busco a garrafa e assumo a cadeira ainda quente pelo traseiro da loira.

— Uma dose pela sua história. O que lhe traz à Itália?

— Todo mundo quer vir à Itália em algum momento da vida, não é mesmo?

— Você fala como alguém que tem vasta experiência de vida.

— Tenho apenas vinte e um anos.

Dias estranhos. Se já é raro uma mulher dizer a própria idade, duas na sequência deve ser algum recorde. Ela mesma prossegue o assunto.

— Mas me sinto como se tivesse mais.

Agora sim, uma situação familiar. Toda mulher jovem gosta de pensar que é muito madura para a idade que tem.

— Entendo... mas isso não responde a pergunta, morena.

— Eu que pergunto, Antonello: de onde vem seu português?

— Minha mãe é brasileira. Ou melhor, era.

— Me desculpe.

— Tudo bem. Já faz anos. E você ainda não disse como veio parar aqui.

La ragazza me analisa. E sorri com um leve repuxar de lábios.

— Você não vai acreditar.

— Tente. Talvez eu caia na sua história.

Ela ri, olhando ao redor. Parece a única preocupada com o fato de eu estar uniformizado e bebendo com uma cliente.

— Certo, lá vai: ganhei a viagem ao encontrar o prêmio na tampa de uma lata de manteiga.

Rio alto, num rompante. Ela apenas me observa, impassível. Então me recomponho:

— É sério?

— É.

— E Isabel?

— Tinha direito a acompanhante. Todas as despesas pagas.

— Ok, comprei sua história. Quando chegaram? Quanto tempo ficarão? Por que Isabel estava preocupada com dinheiro, se todas as despesas são pagas?

— Calma, ragazzo. Chegamos há alguns dias, em Roma. Florença é o nosso destino final, partiremos na próxima segunda. Por fim, Bel estava preocupada porque é pão-dura mesmo.

— Que sorte... comprou muita manteiga para participar?

— Só uma lata. Acredita?

— Acredito.

— Sua vez: conte de quem fugia quando surgiu em nossa mesa ontem.

Com as bochechas coradas, ela se anima. O limoncello nunca falha. Um garçom passa pela porta da cozinha e, pela fresta, meu olhar cruza com o de signor Duccio. Já faz quase duas horas que só dou atenção a esta mesa. E o chef não parece satisfeito com isso.

— Preciso trabalhar, morena. Essa história fica para depois. Mais precisamente, às oito horas da noite.

— Por que às oito horas?

— É a hora que você vai estar diante do Duomo para irmos ao cinema.

— Um encontro com um desconhecido, em uma cidade estranha, para que ele possa contar porque estava sendo perseguido... me parece um programa perfeito para uma moça de família.

— Leve Isabel. Levarei um amigo também. Qualquer coisa peça socorro àquele garçom. Ele se chama Giuseppe. O velho terá todo o prazer em me denunciar se eu fizer algum mal a você.

Ela fica aparentemente séria por alguns instantes. Mas tanto eu quanto ela sabemos o desfecho disso.

— Você venceu, Antonello.

— Me chame de Toni. Posso chamá-la de Line?

— Que tal Bruna?

— Due brasiliane? Interessante, caro...

Sabia que Nicola iria gostar. Turistas sul-americanas, artigo raro. Quando cheguei à Piazza della Signoria, tudo que meu amigo queria saber era porque passei o dia anterior em sua casa. Porém, o episódio com a família Green já é passado e não perco tempo nesses pormenores. O importante agora são as brasileiras. E o plano para a noite de hoje.

— Ma Toni, perchè andiamo al cinema?

Realmente não é a abordagem costumeira. O procedimento padrão seria levá-las à Piazzale Michelangelo. Mas ser marpione também é experimentar. Explico: vamos ao cinema porque elas não falam italiano. No escuro, sem entender o filme, abraçadas em nós.... o resto ele pode concluir. Frank gargalha, concordando. Mas infelizmente temos que voltar aos nossos postos. Por mais que tenhamos iniciado o dia com o nobre ímpeto de trabalhar, ambos já sabemos que iremos escapar antes do fim do expediente. Mas o que vale é a intenção.

Volto ao Giubbe Rosse e dou o melhor de mim ao longo da tarde que resta. Ajudo a servir, cortar legumes e até a lavar louça. Além disso, ainda garanto alguma clientela. Pouco antes da hora do encontro, vou ao banheiro e faço meus preparativos habituais: banho de pia e troca de roupa. Com a proximidade das oito horas, ajeito o cabelo, me esgueiro pela cozinha e desapareço rumo à Piazza del Duomo, a apenas dois minutos de caminhada.

Sempre que posso, sento em um dos bancos diante do Duomo para contemplá-lo. O que mais gosto de ver são os turistas recém-chegados à cidade, deparando-se inadvertidamente com a catedral. Chego a invejar cada pessoa que a vê pela primeira vez. Um colosso branco, com detalhes em verde e rosa, adornado por infinitos entalhes em sua parte exterior. Diante dele, o Batisterio di San Giovanni, com seus portais dourados. Ao lado, a torre do Campanello di Giotto, com seu sino sempre pontual. Ao fundo, a magnífica cúpula. Tudo bem diante das mãos e dos olhos, sem grades ou muros. No meio do emaranhado de edificações cinzentas e amareladas, ergue-se um milagre da arquitetura e da fé do homem. E perante isso tudo, duas brasileiras.

— Ciao, garotas! Descansadas?

— Bem que tento, mas a neurótica aqui me arrastou para este passeio... onde já se viu, viajar um milhão de quilômetros para ir ao cinema. Poderia ter ficado no Brasil então.

— Para ficar dormindo você também poderia ter ficado no Brasil, Bel.

— Mamma mia! Ma Toni... tu non mi ha detto che le ragazze eranno così belle! Belle è poco... sono bellissime!

Nicola chega aos gritos, elogiando a beleza das brasileiras. Mio amico veste uma camisa florida, calça branca e carrega uma grande e estranha bolsa vermelha. Mais exuberante que ele, só a catedral.

— Hola, chicas! Soy Nicola Capparelli, vostro servo. Mucho piacere!

Frank apresenta-se e curva-se, com debochada reverência. Já vi que terei que ser o intérprete do grupo. Por mais que tenha explicado inúmeras vezes, ele nunca aprende que espanhol não é o mesmo que português.

— Então, moças... o que acharam do nosso Duomo?

Somente Aline responde.

— É lindo. Parece um bolo. Uma sobremesa gigante servida no meio da cidade. A parte branca cheia de detalhes é como uma cobertura de merengue... dá vontade de comer.

Neste momento, sussurro para Nicola, quase sem mexer os lábios.

— Questa è la mia. L'altra ragazza è tua.

Em meio à caminhada, um breve e inesperado sopro de brisa ergue as saias das brasileiras. Elas não se abalam, nem levam as mãos aos vestidos. Apenas deixam os tecidos se assentarem naturalmente às coxas, alheias ao vislumbre de suas calcinhas. Isabel veste vermelho, e nos brinda com mais um generoso decote. Já Aline apresenta um pouco mais de pernas em uma saia cor de violeta. A cor de Firenze. Dou o braço à morena, que se aconchega junto a mim. Frank e Isabel repetem o gesto. Tudo dentro do planejado.

Em poucos minutos, chegamos ao imponente Cinema Odeon, um dos mais tradicionais de toda a Itália. Olho para nossas acompanhantes e elas estão belíssimas. Nunca subestime uma mulher que você conheceu durante o dia. Olho para Isabel e penso que ela é o arquétipo da mulher que faz os homens virarem a cabeça para vê-la passar. O jeito como seu quadril mexe a cada passada é um convite ao impropério. Já Aline faz um estilo mais natural. Sua boca é do tipo que não precisa de batom.

Diante do Odeon, peço a todos que aguardem um instante. Frank pisca para mim e me dá cobertura enquanto saio de cena, rumo à lateral do prédio.

— Francesca... sono io... Toni... apre la porta, per favore.

A filha do zelador do cinema e vendedora da bombonière abre a porta lateral com um enorme sorriso nos lábios. Feliz com a inesperada visita, la ragazza me puxa para dentro do Odeon e beija minha boca. Mas com delicadeza a afasto. Francesca, pequena e magra, parece uma boneca de pano em minhas mãos. Peço desculpas pelo incômodo e digo que preciso de um favor: quatro ingressos. Nada de entrar pelos fundos esta noite. Ao ouvir isto, seu olhar torna-se vago. Quando ela faz menção de perguntar para quem são os bilhetes, beijo novamente sua boca, pressionando seu corpo contra uma das paredes da sala. No momento em que ela busca ar, sussurro:

— Sono passionato per cinema... tu sai bene, Cesca.

Ela não diz mais nada. Apenas entra em um pequeno escritório e retorna com dez ingressos. Preferindo acreditar, em deliberada ingenuidade, serem todos para mim. Beijo sua mão com carinho, ao que ela sorri resignada. E com uma piscadela, retorno à rua.

— Pronto, vamos entrar.

— Qual será o filme, Toni? Nunca assisti a um filme italiano.

Só então confiro os letreiros da programação. *Questa Settimana: Festivale Federico Fellini*. A próxima atração é *Le notti di Cabiria*, de 1957. Um clássico moderno. Mas poderia ser qualquer película, desde que comece logo. Passamos pelo elegante hall de entrada velozmente, para não sermos vistos da bombonière, e entramos na luxuosa sala de projeção. A grande tela está posicionada sobre um palco, com cortinas vermelhas ao redor. As brasileiras ficam impressionadas e entreolham-se. Acham tudo muito chic. Eu e meu amigo nos olhamos também, satisfeitos.

Sentamos no fundo da sala, como todo casal mal intencionado faz. Todos na mesma fileira, a postos. Então a sala escurece e o burburinho cessa. O inconfundível zumbido mecânico do projetor começa e o público cala sob seu facho de luz. Na escuridão, ajeito o cabelo e vejo as imagens refletindo nos olhos de Aline. Ela sorri, hipnotizada. Me ofereço para explicar o que se passa na tela. Já vi esse filme várias vezes.

— Não precisa, Toni. Vai ser divertido tentar entender sozinha. Ainda mais um filme com um nome tão curioso... *As noites de cabide*. Deve ser uma comédia.

O correto é *As noites de Cabíria*, sendo Cabíria o nome da protagonista. Mas mais uma vez, não a corrijo. Próximo a nós, um cochicho constante. Isabel não tem paciência e pede que Nicola explique tudo. Ele então aproveita para posicionar-se bem próximo do ouvido e do pescoço da loira.

— Toni, vamos trocar de lugar? Quero prestar atenção no filme, mas os dois aqui ao lado não deixam.

Cada casal em uma parte diferente da sala, com privacidade. Boa ideia, Bruna... Pego-a pela mão e ela entrelaça seus dedos nos meus. Saltamos algumas poltronas e nos distanciamos de nossos acompanhantes. Na sala escura, finalmente estamos sozinhos. Porém assim que nos sentamos, o olhar da ragazza mais uma vez se perde nas imagens em preto e branco. Assisto ao filme por longos minutos, ansioso. Aline franze o cenho, compenetrada, esforçando-se para compreender o que se passa na projeção. Ofereço novamente meus serviços de tradutor, ao que ela apenas sorri, sem tirar os olhos da grande tela. Sua única resposta é um sonoro chiado, com o dedo indicador sobre os lábios. Nessa hora nossas mãos se soltam.

Me encolho, frustrado. Tento espiar como vai a sessão de Nicola e Isabel. A sala está mergulhada na escuridão e os sons do filme e dos sacos de pipoca atrapalham a averiguação. Mesmo assim, percebo que ambos estão ocupando uma poltrona só. Por ali, concluo, as coisas andam muito bem.

— Se quiser perguntar qualquer coisa, vá em frente. Já assisti ao filme e...

Aline vira seu rosto para mim pela primeira vez desde o início da sessão. É a deixa. Sorrio e estufo o peito, pronto para dar o bote. Ela me encara com um olhar sereno e afaga meu braço, dizendo:

— Não se preocupe, Toni. Está tudo bem.

Sorrio, compreensivo por fora e contrariado por dentro. Voltados para a tela, ficamos em silêncio até o término da película. Assim que as luzes da sala acendem, me viro mais uma vez para minha acompanhante. Me pergunto se ela entendeu o filme. Um pouco confusa, como não poderia deixar de ser após um primeiro contato com Fellini, a brasileira comenta, como se houvesse ouvido meu pensamento:

— Achei lindo, Toni... Mesmo não tendo nenhum cabide no filme.

Rio alto, chamando a atenção dos demais presentes. Ela também se diverte, como se compreendesse a própria gafe. Porém, mais uma vez, apenas opto por não corrigi-la ou explicar qualquer coisa.

É QUASE MEIA-NOITE e caminhamos pela longa avenida que margeia o Arno. Aline e eu conversamos de braços entrelaçados, passos lentos. Já Nicola e Isabel vêm logo atrás, aos tropeções e atentando contra o pudor em via pública. Logo na saída do Odeon, percebi que Frank carregava uma garrafa de vinho. Sorrio, com inveja da boa ideia: levar bebida escondida para dentro do cinema. Por isso ele trouxe aquela bolsa. Pelo visto, funciona.

— Você não ia me contar do que fugia quando lhe conheci?

Verdade, a promessa havia sido feita. Faltou apenas pensar em uma boa história. Então improviso, sem intenção de citar a aventura com signora Green.

— O que aconteceu, cara mia, foi que já havia reparado em vocês antes, caminhando pelas ruas. Então as segui e chamei um amigo para fazer toda aquela encenação de perseguição. Por fim, deixei o paletó de propósito para vocês aparecerem no meu ristorante.

Sinto que ela engole a história. As mulheres gostam de uma farsa romântica. Uma aventura para contar às amigas quando retornar ao Brasil. Sorrio com desfaçatez.

— Tente novamente, Toni.

Devia ter trazido vinho também.

— Não seja difícil, Bruna. Se acreditei na sua história da manteiga, você também poderia fazer a gentileza de acreditar na minha.

Sorrimos em silêncio, sob os sons dos beijos e tropeções de Isabel e Nicola. Após mais alguns passos, paramos e Aline chama a atenção da amiga com uma leve tossida. Os dois retardatários interrompem o que estavam fazendo escorados no muro que margeia o rio. A loira tira a mão de dentro da calça de Nicola. Ele tira a mão de dentro do vestido de sua brasileira. Ambos riem e, ao desvencilharem-se, derrubam a garrafa de vinho. O barulho do vidro estilhaçando-se na calçada ecoa pela noite. Aline leva as mãos à cintura. E todos entendem que o passeio terminou.

— Precisamos voltar à pensão. Está tarde.

— Nós as acompanharemos, bella.

— Não precisa, muito obrigada.

— Faço questão.

— Não. Digo, melhor não. Talvez tenhamos problemas se formos vistas com vocês. Estamos em um grupo e, além disso, há pessoas que nos monitoram. Da fábrica de manteiga, sabe?

Ela pisca para mim e sorrio frouxamente.

— Você vai ficar chateado comigo, Toni?

— Claro que não, Bruna... é melhor mesmo não saber onde fica a tal pensão. Você correria o risco de ganhar uma serenata.

— Mas eu sei onde fica o seu restaurante. Cuidado, bruno. Quem está em perigo é você.

Fico sem saber o que responder. Tento pensar em alguma frase espirituosa, algo que não me deixe assim com cara de bobo. Por sorte, somos interrompidos por mais um barulho de vidro quebrando. Nicola tinha mais vinho na sacola.

Assim que elas somem de nosso campo de visão, Nicola me abraça.

— Sono innamorato, Toni! — grita ele, em êxtase. E então começa a me fuzilar com detalhes de sua noite bem sucedida. Da cor do sutiã de Isabel à descoberta de que o lóbulo da orelha é o ponto fraco da loira. Mas logo Frank percebe que para o meu lado as coisas não foram tão bem e silencia.

Conheço a estratégia de Aline. É a mais antiga do mundo. "Na primeira noite, não", ela pensou. E agora deve estar refazendo mentalmente cada instante de nosso encontro. Então ficará com inveja de Isabel. E amanhã aparecerá no Giubbe Rosse. Quando perceber, estará comigo em um quarto de hotel. Dessa vez um de duas estrelas, pois já percebi que com ela terei de desembolsar.

Parabenizo Nicola e alego sono. Compreensivo, ele me abraça mais uma vez e partimos cada um para o seu lado. Retorno pela beira do Arno, em silêncio. Uma mão no bolso, outra empunhando um cigarro. Tudo que quero é pegar minha bicicleta na Piazza della Reppublica e voltar para casa.

Ao segundo cigarro, já estou próximo ao Mercatto del Porcellino. Caminho lentamente pelo mais antigo mercado de Firenze. Então vejo uma deprimente figura roubando dinheiro da estátua do javali que dá nome ao local. Feita de bronze, a obra é um curioso ponto turístico da cidade. De sua boca aberta verte um fino fio d'água, como se fosse a baba do animal a escorrer.

Por algum motivo, existe a superstição de que se alguém larga uma moeda sobre a língua do porcellino e ela escorrega direto para dentro do ralo junto às suas patas, a pessoa terá fortuna. Se a moeda bate na grade e cai fora, é sinal de mau agouro. Sorte de meu pai que os turistas costumam respeitar as tradições locais, abandonando as moedas do infortúnio. Ali vejo o velho, cambaleante, juntando liras e dólares abandonados ao azar. Sinto de longe o odor de álcool que emana de mio babbo. Grappa misturada com vinho. Observo a cena por alguns instantes, pensando se sigo meu caminho ou faço alguma coisa. Porém, Gennaro Bianchi toma a decisão por mim ao desmaiar diante da estátua.

Existe outra superstição referente ao porcellino, tão sem sentido quanto a primeira. Reza a lenda que quem tocar no focinho do javali certamente voltará a Firenze antes de morrer. Imagino que, em algum ponto de minha infância, meu pai esfregou todo o meu corpo na cara do bicho. Talvez por isso nunca tenha conseguido abandonar esta cidade. Vendo-o caído como um indigente, penso que não é bem Firenze que eu gostaria de poder renegar.

Ergo o velho Gennaro e o apoio em meus ombros, segurando pela cintura. Ele não é pesado. O que pesa é o desgosto. Houve um momento nesta noite em que imaginei um corpo bem diferente em minhas mãos. Faço força para manter o equilíbrio e me ponho a caminhar novamente. É só o começo de um longo percurso até nossa casa. A bicicleta, mais uma vez, terá de passar a noite ao relento e à disposição das necessidades fisiológicas das pombas.

Certa vez, quando bambino, fiquei doente. Dessas doenças que toda criança tem. Fiquei de cama por dias, sem poder ir à escola. Mamma chamou médico, comprou remédios, fez chás, rezou. Mas nada baixava minha febre. Então meu pai, certa manhã, me pegou no colo e me levou à cozinha. Lá ele preparava uma ribollita, tradicional sopa toscana. Feita com feijão branco, miolo de pão e legumes, a ribollita tem esse nome por ser cozida duas vezes: ribollita, refervida. Lembro de observar, inebriado, o então nem tão velho Gennaro com sua grande colher de madeira. Diante de um caldeirão de ferro, parecia um mago a mexer sua poção. Uma vez pronta, já na primeira colherada lembro ter entendido o que babbo sabia desde o princípio: aquela comida me curaria.

A ribollita sempre foi a especialidade do chef Gennaro Bianchi. Seu preparo é até hoje inigualável. Entre os anos 40 e 50, o inverno era sempre bem-vindo por causa dessa sopa. Mesmo sob os olhares atentos da concorrência, ninguém jamais conseguiu copiar sua receita. Muitos eram os palpites: uso de algum tempero raro, gordura animal diferenciada, tipo de pão empregado... nunca descobriram o segredo. Pena que a iguaria não seja preparada há quase uma década.

Nos braços de meu pai, sempre espiava a elaboração de suas receitas. E agora, esta noite, sou eu quem o carrega no colo. Após quase uma hora, chegamos ao nosso apartamento no bairro de San Iacopino. Solto babbo e ele tenta ficar em pé sozinho. Para surpresa de ambos, ele consegue. Mas falha na hora de tentar abrir a porta. Tanto por não acertar o buraco da fechadura, quanto por tentar fazê-lo com um abridor de vinhos em vez da chave.

Tomo a frente e o ajudo. Ele agradece com um grunhido, enquanto cambaleia até sua cama. Nisso o velho se sai bem. Mas também seria difícil errar. Com menos de dez passos, é possível percorrer todo o imóvel de apenas um cômodo. Meu único receio era que errasse de cama. Não que um colchão seja muito diferente do outro. Só não gostaria de infectar meu travesseiro com seu fedor de álcool.

Instantaneamente após se deitar, meu pai inicia sua sinfonia de roncos e gemidos. Poucos meses após mamma morrer, babbo dizia sofrer de pesadelos constantes. Talvez ainda sofra, nunca mais tocamos no assunto. Aliás, nos últimos anos, dificilmente tocamos em qualquer assunto. Os dias do homem caído diante de mim resumem-se a jogar e beber. À noite, o velho dedica-se a rondar os bares menos familiares da cidade e apostar toda sua pensão nos dados. Outra lembrança da infância: Gennaro e Duccio jogando cartas em jantares semanais. Mas o problema do carteado é que, de modo geral, os melhores resultados são obtidos quando se está sóbrio. Já os dados não requerem essa condicional.

Não o julgo. Dificilmente paro em casa também. Por isso, momentos familiares como este são raros. Nossa relação baseia-se em uma ou duas vezes por semana mostrarmos um ao outro que ainda estamos vivos.

Com um suspiro, decido que mereço um gole de qualquer coisa antes de dormir. Sobre a mesa bamba de centro, um garrafão de vinho barato brilha para mim. Então sirvo uma taça e evito tocar os lábios na parte trincada do vidro. Ao primeiro gole, confirmo: a bebida é realmente das mais baratas. Mesmo assim, sorrio. Em meio aos ruídos noturnos de meu pai, lembro das palavras da brasileira no Giubbe Rosse.

— Vino sempre.

Pelo segundo dia consecutivo, chego cedo ao ristorante. Chef Duccio me recebe com alegria e os demais garçons até ensaiam um buongiorno. Só Giuseppe mantém o habitual desprezo. Animado pelo dia bonito e coberto por um infinito manto azul, não me importei em ter de vir a pé. Já faz uns quarenta dias que não chove. O verão na Toscana é sempre assim: luta muito antes de se entregar.

Visto o paletó vermelho e vou à piazza atrair clientela. Alguns turistas madrugadores começam a rondar o meu posto e logo atraio a atenção de um bambino. Em poucos minutos os pais do menino estão tomando café conosco. Bem disposto, mantenho o ritmo ao longo das horas seguintes. E quando vejo, não é nem meio-dia e o ristorante já está cheio.

De repente sinto uma mão pousar em meu ombro, vinda de trás. Um toque leve, delicado. Me viro com o sorriso já armado.

— Ha! Avete pensato ch'era la tua brasiliana, Toni?

Nicola. Pergunto o que quer. Em sua primeira escapada do dia, quer saber se tenho isqueiro. Ele sabe que sim. Então, sem perder a galhofa, meu amigo questiona se não tenho um cigarro para lhe dar também. Me rendo num sorriso e lhe alcanço o que ele pede. Frank agradece e faz um convite: ir à praia de Livorno no fim de semana. Porém o olhar de chef Duccio, à espreita na cozinha, me obriga a interromper a conversa. Nicola não se abala, apenas me abraça e volta à sua piazza. Estranhamente, o dia passa mais devagar após sua visita. A manhã produtiva dá lugar a uma tarde enfadonha. Velhos caquéticos, crianças chatas, turistas banais. E nada de Aline.

Quando a noite começa a se insinuar, ouço uma voz feminina gritar meu nome, estridente como um violino em mãos erradas. É Fiorella, a ragazza da bilheteria do stadio, abananando e se chacoalhando dentro de um vestido amarelo. Aciono o sorriso de trabalho e caminho em sua direção. É o tipo de amizade que não se pode perder. Ela pergunta se não é hora do meu intervalo. Seria, mas minto que o recesso já passou. E que estou cobrindo o turno de um colega, minha garganta dói... e já nem sei mais que desculpas estou dando.

É quando outra voz feminina chama meu nome. Sinto um arrepio. É Francesca, a ragazza da bombonière do Odeon. De vestido preto e portando um impensável guarda-chuva, ela se aproxima. Ambas se cumprimentam com frieza glacial. Então, num golpe baixo, Fiorella pergunta se está de pé o convite para sair na sexta-feira. Lembrando a conversa com Nicola, digo que tenho planos de ir ao litoral. Ao mesmo tempo, ambas dizem que adoram praia. Minha cabeça dói. Cinema e futebol, meus passatempos prediletos, em xeque diante de mim.

Fiorella fala algo sobre um biquíni novo. Já Francesca comenta qualquer coisa sobre *Oito e meio,* o novo Fellini em cartaz. Exausto, alego que devo retornar ao trabalho. Ambas se decepcionam, mas acatam, partindo piazza afora. Terei que usar com sabedoria os seis bilhetes de cinema que me restam. E acho que só voltarei ao stadio na próxima temporada.

Após o incidente, o período do jantar transcorre sem sobressaltos, mas também sem motivação. A noite cai e eu me rendo: Aline não aparecerá. E só ela sabe como me encontrar. Resignado, saco um cigarro. Procuro o isqueiro nos bolsos, mas não o encontro. Nicola! Então suspiro. Agora não por causa da brasileira: o único colega que fuma é Giuseppe.

Engulo o orgulho e caminho até ele. Com educação, pergunto se tem fogo. O velho garçom me olha com nojo e rosna algo no dialeto de seus mais remotos ancestrais. Até que, enfim, deixa um fósforo cair no chão e me dá as costas.

Com um fiapo de voz, agradeço. E me abaixo para juntar o palito. Então sento em um banco da piazza e olho para o topo do Duomo. Com cuidado, risco o fósforo no assento de concreto. Dou a primeira tragada e decido encerrar não apenas o dia, mas também a melancolia. Afinal, não há razão para isso. Não por causa de uma ragazza que conheci há apenas dois dias. Apenas mais uma entre tantas.

Então começa a chover. E a água apaga o cigarro.

Desde ontem, a chuva não dá trégua. Mesmo assim, me arrasto para fora das cobertas. De pé, vejo meu pai dormindo no chão. Ergo o velho e o deito em seu colchão. Abro uma fresta da janela e faço café forte. Comendo um pão velho, antevejo o banho que tomarei a caminho do Giubbe Rosse. Tal qual aconteceu na noite de ontem, enquanto voltava para casa.

Ao chegar ao trabalho, até Giuseppe parece menos enojado com minha presença. Três manhãs consecutivas chegando cedo. Entre bocejos, visto o paletó vermelho. Porém poucos se arriscam a sair às ruas com esse tempo. Me sento ao balcão e tento ler o La Nazione. Mas não consigo me concentrar. Nunca fui afeito a leituras. Em casa, por exemplo, temos somente velhos livros de culinária ou poesia, resquícios do tempo em que meu pai tinha hábitos de gente sóbria. Os únicos que li foram imposições da escola. Fora isso apenas trechos decorados para impressionar garotas.

Com divagações vazias como essa, evito pensar na brasileira. Busco outra coisa para focar. Talvez o biquíni de Fiorella. A ida a Livorno pode ser uma ideia interessante. Fico com a ragazza, desfruto da praia e garanto livre acesso aos jogos da Fiorentina. Hora de visitar a Piazza della Signoria. Meu isqueiro está fazendo falta.

Apesar do dia cinza, o calor não abandona Firenze. A chuva é refrescante e bem-vinda. Se em dias de sol vendedores infestam a cidade com leques e chapéus, hoje guarda-chuvas brotam em cada esquina. A cidade fica cheia de pontos pretos, a cor dos itens à venda. A movimentar-se entre eles, um solitário ponto vermelho: eu, sob o grande guarda-chuva do Giubbe Rosse.

Encontro Nicola fumando sob uma marquise próxima ao Orcagna. Assim que me vê, sorri e lança o isqueiro em minha direção. Pego-o no ar e convido Frank para um café. No Orcagna e de graça, é claro. Um dos garçons do estabelecimento nos olha contrariado. Me sinto em casa.

Já à mesa, pergunto sobre a praia e Nicola abre um sorriso. Ao que parece, há uma casa disponível, de um primo de um irmão de um amigo. Acho graça. Com Nicola, as coisas nunca são exatamente como ele descreve. Pergunto quem vai e, como esperado, ele enumera mulheres que nunca vi, todas parecidas com atrizes de cinema. O plano é pegar o trem amanhã à noite. No dia seguinte, praia e festa. Voltaremos no domingo pela manhã. Assim, faltamos ao trabalho apenas no sábado, mesmo que seja justamente o dia mais movimentado. Confirmo presença.

Termino meu café e a chuva aperta. Abro o guarda-chuva e retorno à Piazza della Reppublica. Assim que chego, vejo signor Duccio a me procurar. Corro, torcendo para que tenha notado minha falta há pouco. Num salto, surjo em meu posto, ajeito o cabelo e pergunto se precisa de alguma coisa. O chef bufa, pronto para o sermão. Porém tudo que ouço é uma voz me chamando à distância. Volto-me à piazza, enquanto o patrão resmunga. E, com o olhar ao longe, não consigo prestar atenção em nada do que ele diz.

— Passa correndo e não cumprimenta? Está fugindo de quem desta vez?

É Aline, sentada em um dos bancos de concreto. De vestido branco, encharcada sob a chuva. Ela ajeita a franja molhada e sorri.

— Então, Toni? Veja se capricha na desculpa.

Olho para Duccio, que silencia. Pergunto novamente se precisa de alguma coisa. Tentando fazer uma expressão severa, o chef aponta para uma mesa vazia e diz que sim, precisa de gente sentada ali. Depois faz um gesto com a cabeça indicando a ragazza sob a chuva. E comenta, girando sobre os calcanhares e retornando à cozinha, que acha que ela precisa de um café e uma cadeira seca.

— Você precisa de um café e de uma cadeira seca, Bruna.

Com uma toalha em mãos sob o guarda-chuva vermelho, paro diante dela. Aline ajeita novamente a franja molhada e levanta-se. Então posiciono o guarda-chuva um pouco mais à frente, a protegendo. Ela afirma que não sei o que estou perdendo.

— A água está uma delícia — provoca.

— Adoraria ficar aqui com você, mas não posso. Nem você. Quer arruinar sua viagem com um resfriado?

Estendo a toalha, segurando o ímpeto de secá-la com as próprias mãos. Ela então põe a cabeça de lado, torcendo os cabelos. Somente após fazer isso, toma a toalha e seca o pescoço e os braços. Por fim la Bruna desliza o pano pelas pernas, levantando o vestido alguns centímetros. Me pergunto se é proposital, enquanto finjo que não olho suas coxas.

— Gostei da ideia do café. Mas só se você me acompanhar.

— Já até escolhi nossa mesa.

De braços dados sob o guarda-chuva, caminhamos até o ristorante. Ela pergunta o que significa Giubbe Rosse. "Lenço Vermelho", explico. Homenagem a Giuseppe Garibaldi, revolucionário de batalhas não apenas na Itália, mas também no Brasil. Seu símbolo era o lenço vermelho que sempre levava ao pescoço. Recordo de uma passagem interessante da vida do herói: uma brasileira chamada Anita, que roubou o coração do intrépido italiano. Mas essa parte, não sei bem por quê, omito.

Sentamos à mesa que signor Duccio havia apontado e pergunto o que ela tem feito. Tento soar casual, sem demonstrar que a esperei ontem o dia inteiro. Ela alega ter passeado. Nada mais. Pergunto o que fazia sozinha na chuva. A brasileira explica que Isabel não quis sair da cama, então decidiu vir me ver. Quando notou que eu não estava, sentou-se na chuva e esperou. Sinto meu rosto corar. Tentando disfarçar, rumo à cozinha. Busco nossos cafés e, assim que retorno, ela pergunta que horas fico livre.

— Fiquei sabendo que o lugar mais bonito por aqui é uma tal de praça do Miquelanjo. Queria lhe convidar para ir comigo ver o pôr do sol.

Está tudo errado aqui. Primeiro porque o nome correto é Michelangelo. Segundo porque jamais havia visto uma coisa dessas: ser convidado per una donna para assistir ao pôr do sol. Nem comigo, nem com nenhum outro marpione. Tentando recuperar o controle da situação, digo que, com este clima, não será possível ver crepúsculo algum.

— Não seja chato. Desde ontem, quando me falaram deste lugar, estou querendo lhe convidar.

— Façamos assim: apareça aqui às oito horas. Se o tempo melhorar, vamos lá. Se não, faremos outra coisa.

— Tenha um pouco de fé, Toni. Eu e o sol voltaremos às oito horas para lhe buscar.

Aline tira do bolso algumas liras para pagar os dois cafés. Tento recusar, mas ela insiste.

— Põe na conta da manteiga — diz ela, com uma piscadela.

La brasiliana levanta-se e sai piazza afora, molhando-se

novamente. Fico observando seu caminhar, assim como todos os outros presentes no ristorante. Impossível tirar os olhos do vestido molhado, colado ao corpo, desenhando sua silhueta. A tarde apenas se inicia. E um trovão devolve todos à realidade.

Estendo a mão e a ajudo a subir os últimos degraus. Apesar do sol ter ressurgido com toda força, não houve tempo para secar as pedras. Ao chegarmos à piazzale, encontramos as escadarias quase vazias. Provavelmente muita gente tenha desistido de vir por causa do clima. À distância, percebo Okan, meu ambulante favorito, a postos com duas taças em sua tenda de quinquilharias. Aline sorri, exultante.

— Que lugar incrível. Como se diz pôr do sol em italiano?

— Tramonto.

— Ma che bello tramonto, Toni.

— Brava!

Sentados, observamos o ocaso do sol. O céu nos cobre com uma variada gama de cores, do violeta ao laranja, pincelado por nuvens esparsas. Em meio a tudo isso, um arco-íris surge como uma nova ponte da cidade, interligando as montanhas e o Duomo. A brasileira silencia, deslumbrada com a paisagem. De fato, a atmosfera parece mais mágica que o usual neste entardecer.

— Obrigada por me trazer aqui, Toni.

— Foi você quem convidou, lembra?

Ela ri e seu rosto reflete os mais diversos matizes.

— Você nunca pensou em ir ao Brasil?

Sinto um frio na barriga. Ainda nem lhe arranquei um beijo e já me vem com uma pergunta dessas? Ela percebe meu titubear.

— É que você disse que sua mãe era brasileira. De que parte?

— Do sul. Uma cidade chamada Porto Alegre.

— Uma gaúcha, então?

— Sim, lembro dela contar algo sobre isso. Você deve ser *caroca*, não?

Ao contrário de mim em relação a ela, Aline prontamente me corrige:

— Não é "caroca". É carioca.

Interessada, pergunta sobre como minha mãe veio parar na Itália, o que fazia, de que vivia. Respondo a tudo. La Bruna diz que só lhe resta uma última questão. Já antevejo o que seja.

— Desculpe, mas como sua mãe faleceu?

— Não se desculpe. Já faz muito tempo... Eu tinha quinze anos. Na época, éramos apenas eu, minha mãe e meu pai. Mamma me ensinou todo o português que sei. Já sobre o Brasil, não sei tanto. Até porque a família dela nunca aceitou que tivesse largado o convento para casar-se com babbo.

— Devia ser uma família rica para mandar a filha para estudar na Europa...

— Não sei. Nunca tive contato com qualquer parente por lá.

— O que seu pai faz?

— Ele foi chef de cozinha.

— Por que "foi"? Ele... também faleceu?

— Ainda não. Bom, como dizia, nossa vida era normal. Babbo era chef no Giubbe Rosse e mamma cuidava de casa. Meu pai ganhava bem, morávamos em uma boa casa afastada do Centro, tínhamos até um pequeno Fiat. Faltava apenas uma filha, o sonho de meus pais. O sonho de nós todos, na realidade. Mas infelizmente minha mãe passou por vários abortos ao longo dos anos.

Na parte em que contei que meu pai também trabalhou no Giubbe Rosse, percebi que Aline abriu a boca para me interromper. Mas engoliu o ímpeto. Como uma criança escutando uma fábula.

— Até que mamma finalmente conseguiu manter uma gravidez por mais de três meses. Foi uma época de muita expectativa. Ela e meu pai seguiam todas as recomendações médicas à risca, o repouso era total. Tanto eu quanto babbo tratávamos minha mãe como se ela fosse um cristal. Tudo pela chegada da pequena Virginia. Tínhamos fé de que seria uma menina.

— Não sabia que Virginia era um nome italiano.

— Virginia vem do latim, do termo virgem. Mamma dizia que queria homenagear Nostra Signora. Mas se minha irmã se chamasse Maria, diriam que foi uma homenagem a si mesma. Não pega bem para uma ex-freira, não é mesmo?

Sorrio. Já Aline, parece tensa. Afinal em algum ponto desta narrativa, minha mãe acaba morrendo. Resolvo contar tudo de uma vez.

— Até que, em uma noite chuvosa de inverno, a bolsa estourou. Apesar de estarmos esperando por isso, foi um momento de aflição. Meu pai pegou mamma no colo e levou-a para o carro. Pedi para ir junto ao hospital, mas babbo não permitiu. Lembro que discutimos por causa disso, enquanto minha mãe gemia. Até que, num rompante, ela perdeu a paciência e mandou que nos calássemos. Nunca vou esquecer de sua voz naquele instante. Por ser o oposto da voz que me acostumei a ouvir desde que nasci. E porque foi a última coisa que ela me disse. A caminho do hospital, um caminhão que vinha no sentido contrário perdeu o controle na pista molhada e acertou em cheio nosso Fiat. Mamma, o motorista do caminhão e o bebê morreram na hora. No hospital, descobriu-se que era realmente uma menina.

— Meu Deus... E seu pai?

— Quebrou alguns ossos, mas sobreviveu. Pelo menos em tese. Depois do acidente, por mais que mantivesse condições, o velho aposentou-se por invalidez. E hoje vive de uma pensão miserável e de todo o álcool que encontra pela frente. Não é bem o que se pode chamar de estar vivo.

Pela primeira vez, Aline parece não saber o que dizer.

— Eu realmente sinto muito.

— Não fique assim. Não combina com você, nem com esta vista.

Nos voltamos à paisagem. Faz muito tempo que não penso naquela noite. Ao longo dos anos, treinei minha mente para não lembrar. Assim como tentei fazer ontem em relação a Aline.

— Toni, olhe para mim.

Em um reflexo, obedeço. Então ela me beija. Enquanto sinto sua língua na minha, coloco uma mão em sua cintura e outra em sua nuca, envolvendo seus cabelos entre meus dedos. Aline tem um perfume frutado. Duas frutas misturadas. Mas não sei dizer quais são.

— Calma, Toni... precisamos de ar.

— Mais que isso: precisamos de vinho. Aceita?

— Vino sempre!

Corro até Okan. Recapitulando cada instante do momento em que a beijei. Quer dizer, em que ela me beijou. Está tudo errado aqui.

Ao CHEGARMOS AO NÍVEL DO RIO, contornamos o muro de pedra que margeia o Arno como na noite do cinema. Mas agora fazemos a caminhada pelo outro lado de seu leito. Do lado de lá todos os principais pontos turísticos de Firenze. E além deles, minha casa e a pensão onde Aline está hospedada. Por isso não tenho vontade de cruzar nenhuma das quatorze pontes à disposição.

— Como se chama seu pai?

— Gennaro.

— Ele que pôs você para trabalhar no Giubbe Rosse?

— Não.

Estranho. Nunca havia respondido tanto sobre mim. Normalmente sou eu que faço as perguntas.

— Você tem maneiras completamente diferentes para falar de seus pais.

— È vero? Quando falo sobre minha mãe, como pareço?

— Você soa doce.

— E sobre meu pai?

— Amargo.

Acho graça da ideia de combinar sentimentos com sabores.

— Meu pai não é uma pessoa que inspire muita doçura atualmente.

— Você o culpa pela morte de sua mãe?

— Não, foi um acidente. Culpo por desistir do trabalho, dos amigos...

— De você?

— Tenho me saído bem sem ele.

— Ele deve sofrer até hoje.

— Até de sofrer ele desistiu. Para sentir algo, é preciso estar sóbrio.

— Mas seu pai...

— Gosto mais quando nos beijamos.

— Quer que me cale?

— Não é bom agouro. A última coisa que minha mãe disse foi um "cale-se".

— Não achei graça.

— E não há. Você não sabe como é perder a mãe em um acidente estúpido e ver o pai se transformar num morto-vivo.

Aline me encara. E então comenta que nunca conheceu os pais. Ao dizer isso ela soa de maneira oposta a todas as conversas que tivemos até então. Soa amarga. Mas guardo essa observação para mim por silenciosos metros.

— Desculpe. Não estou acostumado a falar dessas coisas. Não é grosseria, é falta de prática.

Ela indica que vai atravessar a próxima ponte, rumo à sua pensão. E mais uma vez pede que não a acompanhe. Então me contento com um último beijo. Procuro fazer esse momento ir um pouco mais longe, mas sou repelido por um tapa em minha mão mais atrevida. Essa dará trabalho. Partirá daqui a quatro dias e sequer cheguei ao sutiã.

— Ei, Toni... gosto de dançar, sabe? Amanhã é sexta-feira. Acho que você deveria me levar para sair.

— Me encontre às dez horas na Ponte Vecchio, Bruna.

— Combinado. Boa noite, ragazzo.

Combinado: Nicola, a praia e o biquíni novo de Fiorella ficam para outra.

A MAIORIA DAS LOJAS da Ponte Vecchio já está fechada. Ainda assim, o mosaico de casas amareladas segue brilhando sobre o leito do Arno. A ponte mais antiga da Europa é um dos mais conhecidos cartões postais da Itália. Porém esta noite não reparo em nada disso. Apenas aguardo uma morena atrasada.

Evito olhar o relógio, parecer ansioso. Ainda mais sozinho, com uma rosa na mão. Me encosto à murada da parte central e fico admirando o fluxo do rio. Puxo um cigarro do bolso e faço uma pose à la James Dean. O último trem para Livorno já partiu. Se ela não aparecer, de nada terá valido a árdua discussão com Nicola por desistir da viagem. O cigarro está terminando. Teriam passado dez ou trinta minutos? Decido finalmente espiar o relógio.

— Calma, Toni. Chegamos!

Com um movimento rápido, passo a mão no cabelo. E com isso acabo por derrubar a rosa no rio.

— Desculpe! Isabel não terminava nunca de se maquiar...

— Oi, Toni. Vejo que seu amigo não veio esta noite.

— Nicola viajou, mi dispiace... não sabia que você viria.

Aline trouxe Isabel para não sair sozinha comigo. La Bruna realmente dará trabalho. Mas o esforço vale a pena, pois ela está linda de blusa branca e cabelo preso em rabo de cavalo. Isabel também faz bonito, ao seu estilo: mais um vestido coladíssimo ao corpo. Caminhamos em direção ao parque Cascine. Por lá encontraremos a casa de Lucca Gamberini, velho conhecido da noite fiorentina. Toda sexta-feira a mansão de sua família se torna porto-seguro para quem busca festa e rock and roll. Os encontros são, a princípio, só para a juventude local. Mas duvido que alguém vá reclamar da presença das brasileiras. Sendo mulher, tendo mais de dezoito anos e menos de duzentos quilos, está valendo.

Conheço Lucca há muitos anos. De família abastada, jamais trabalhou. Não que isso seja um defeito. No lugar dele, faria a mesma coisa. Se ser marpione é, para mim, uma forma de sobreviver. Para ele, o dinheiro é que o faz marpione. Normalmente um simples chacoalhar das chaves de seu carro é muito mais sedutor do que horas de conversa minha.

Chegamos ao grande casarão e somos recepcionados pelo anfitrião. O bon vivant veste um excêntrico paletó de listras verticais brancas e pretas, enormes óculos escuros e um grande chapéu branco. Nada chama mais a atenção do que sua figura. Ao me ver, Lucca ergue lentamente os óculos para analisar as meninas. Abraço Aline pela cintura, demarcando território. Já Isabel sorri, sempre presa dócil. Iluminados por fachos de luzes coloridas, rumamos todos ao segundo andar da mansão, que é onde as coisas acontecem. Enquanto Aline e Isabel servem-se de ponche, Lucca pede a ficha delas. Ao saber que são brasileiras, seus olhos brilham. É estranho como os italianos (e qualquer homem na Terra) têm uma imagem erotizada das mulheres do Brasil. Ainda mais estranho para quem é filho de uma. Enquanto Lucca devora a loira com o olhar, sorrio ao ver a morena beber seu primeiro gole.

Decido ir à sacada, fumar um cigarro. Aline e Isabel saem a dançar e Lucca serve ponches de todas as cores pelo salão.

Nas festas da mansão Gamberini nunca há comida, apenas bebida à vontade. Com isso não é nem meia-noite e o salão de festas já ferve em impropérios, gritos e risos. A vitrola toca Beatles, *Love me do*. Mas o que todos precisávamos é de um pouco de Elvis. Assoviando *Hound dog*, divago a observar o jardim. Bem que Lucca poderia sumir com Isabel.

— Toni! Amore mio! Balla questa musica con me?

Por um breve instante, poderia pensar que Aline aprendeu italiano repentinamente. Mas já no primeiro agudo, percebo que é Fiorella, la ragazza da bilheteria, quem acaricia meu ombro com seus dedos rechonchudos. Quando me viro em sua direção, ela conta que um anjo lhe avisou que eu estaria aqui esta noite. Seus volumosos seios me pressionam contra o parapeito enquanto acrescenta que, sob o vestido, veste apenas biquíni. O novo. Ideia do mesmo anjo.

Nicola, você me paga.

Tento espiar o salão através da porta da sacada, mas as cortinas atrapalham a visão. Além disso, é difícil ver qualquer outra coisa que não seja o decote de Fiorella. Ela dá um passo à frente, empurrando-me ainda mais com os seios. De tão próximo, consigo ver as alças do tal biquíni sob sua roupa. La ragazza diz que passou a semana ansiando por nosso encontro desta noite. Sinto um calafrio e olho novamente para o salão. De relance vejo as brasileiras dançando enquanto Lucca e outros quatro ou cinco desconhecidos ficam a rondá-las. Preciso agir. E ajo como todo o homem age quando quer se livrar de uma mulher em uma festa: digo que vou ao banheiro.

Mal vejo a reação de Fiorella. Correndo, desço pela escadaria que dá acesso ao jardim e entro de novo na mansão pelo térreo. Subo pela parte interna e chego novamente à pista, onde Aline e Isabel rodopiam aos risos. Na sacada vejo o vulto de Fiorella, entrecortado pelo balançar das cortinas. Fico assim, entre as duas cenas, até finalmente ter uma ideia e desaparecer por alguns minutos.

— Ei! Não vem pegando assim, cara!

— Calma, Bruna... sono io.

— Toni? Mas que roupa é essa, meu Deus?

Aline cai na risada. Vestindo o paletó, óculos e chapéu de Lucca, ela mal me reconhece. No escuro e sob embriaguez geral, fica fácil se esconder sob um disfarce, mesmo um tão chamativo. Fiorella, olhos inutilmente voltados à escada por onde desapareci, nada percebe.

— Foi uma aposta que eu e Lucca fizemos. Coisas de futebol. Como perdedor, eu teria que vestir a roupa que ele estivesse usando esta noite.

Lucca ressurge neste exato momento, com uma roupa ainda mais extravagante que a anterior: fraque e cartola roxos, com um enorme e brilhante broche no formato da flor-de-lis, símbolo de Firenze.

— O que você achou, Bruna?

— Gostei. Parece um gângster.

— E quem disse que não sou?

— Não parecia um quando derrubou no rio a flor que ia me dar.

Quando pedi a Lucca que me emprestasse sua roupa, ainda solicitei um segundo favor: um pouco de Elvis na vitrola. Algo romântico, para dançar cheek to cheek. Começa então a tocar *Are you lonesome tonight.* Olho para os lados e encontro meu cúmplice dançando com Isabel. Ele e a loira em silêncio, já que um não fala a língua do outro. Ela com a cabeça escorada em seu ombro, o olhar refletindo todas as cores de ponche. Ele fitando seu pescoço, como uma serpente a estudar a presa.

O dono da festa então percebe que estou olhando. Apenas mexendo os lábios, pergunta se tenho certeza da dica que dei em troca do traje que agora visto. Em resposta sorrio e levanto os enormes óculos, piscando um dos olhos. Espero que Nicola não tenha mentido quando disse que o lóbulo da orelha é o ponto fraco de Isabel.

Lanço olhares furtivos à sacada. Chego a sentir pena de Fiorella, sua triste figura a observar o jardim. Mas logo ela é descoberta por outro ragazzo, que lhe sorri. Festa di marpioni, não poderia ser diferente. Ao final de *Love me tender*, Aline me abraça forte. Mais uma vez sinto o perfume de duas frutas. Mas não as identifico.

— Toni, onde está Isabel?

— Não sei. Deve ter ido buscar mais ponche.

Na verdade, vi quando Lucca e ela subiram rumo aos quartos. Aline dá de ombros, deslizando comigo pelo salão até duas da manhã, quando finalmente Isabel ressurge de mãos dadas com o anfitrião.

— Line, vou dormir aqui.

— E como a senhora pretende voltar amanhã?

Isabel enfia uma das mãos no bolso de Lucca. Com espantosa habilidade, ela mexe na parte interna da calça do ragazzo e de lá retira as chaves de um dos carros dos Gamberini. Chacoalhando-as no ar, a loira dá a pergunta por respondida. Lucca ri, abobalhado. Aline suspira.

— Acho melhor eu ir embora, Toni. Está tarde.

— Eu levo você.

Ela titubeia, mas consente. Então caminhamos, margeando o Arno mais uma vez. Nas três noites em que nos vimos, o rio esteve presente. Pena que não há como gravar as imagens que suas águas refletem. Bonito isso. Vou guardar esta frase para usar no futuro. E se a usasse agora? Abro a boca para dizê-la, mas sou interrompido por um estranho e abafado som. Algo como a mistura do coachar de um sapo com o ranger de uma velha porta.

— Isso foi a sua barriga?

— Ai, meu Deus, que vergonha!

— Não é vergonha. É fome. Vamos comer alguma coisa.

Ela concorda, enrubescida. Mas a essa hora só existe uma opção para resolver o problema. É tão simples que imediatamente faço o convite, como se fosse premeditado:

— Tenho as chaves do Giubbe Rosse. Não há ninguém por lá. Quer que eu faça um lanche para você?

— Toni, não posso. Melhor voltar à pensão e...

— Não quero parecer rude, Bruna. Mas você não entendeu: não perguntei se pode, mas se quer.

Derrotada por minha lógica e por todo o ponche que bebeu, ela ri. Então seguimos rumo à Piazza della Reppublica. Em poucos minutos chegamos ao ristorante. Quando abro a entrada de serviço, Aline olha para os lados, receosa. Então a conduzo pela cintura para dentro do recinto.

— Acho que seu estômago tentou se comunicar. Pensei ter ouvido ele dizer "spaghetti".

— Ok, pode ser. Mais uma vez, confio em você.

— Va bene, spaghetti al sugo per la signorina.

— E como é al sugo?

— É a massa mais simples da culinária italiana. Feita para quem dá valor à divina comunhão entre molho de tomate, manjericão e spaghetti al dente.

— Parece ótimo.

— E para acompanhar, un po' di vino?

Sorrio em antecipação.

— Vino sempre!

Escolho nossos tomates mais frescos enquanto Aline passeia pela cozinha, analisando ingredientes e utensílios. Quando adiciono azeite de oliva ao molho vermelho fervente, ela se aproxima e fecha os olhos, como se isso a ajudasse a sentir melhor o cheiro. Na hora em que adiciono folhas de manjericão fresco al sugo, Aline parece tentar me desconcentrar erguendo a barra da saia para sentar-se sobre a pia ao meu lado. E no momento em que a massa está al dente, la Bruna assopra meu ouvido, agora com o claro intuito de me distrair. Em vão: questa pasta não falhará.

— Você faz parecer muito simples. Sempre cozinhou?

— Só para mim mesmo.

— Você leva jeito.

— Grazie. Mas primeiro, coma. Depois diga se mantém essa opinião.

Sirvo o prato e ela senta à mesa. Delicadamente Aline gira o garfo, capturando o máximo de spaghetti e molho que consegue. Antes de levar à boca, ainda pesca uma folha de manjericão com o talher, não querendo perder nenhum sabor. Então assopra sua pasta me olhando nos olhos. E enfim experimenta.

— A melhor massa que comi na Itália, Toni. Juro.

Penso em dizer qualquer coisa, mas calo ao vê-la beber seu vinho com os olhos fechados. Quando os abre de novo, volto a mim.

— Por que você sempre diz aquilo quando ofereço vinho?

— Vino sempre? Ah... bobagem minha, mania recente. É graças a uma frase que vi pintada na parede de um restaurante em Roma. Sempre fui apaixonada por vinhos, apesar disso não ser um hábito comum no Brasil.

— E que frase seria essa?

— Pasta senza vino è come un bacio senza amore.

"Massa sem vinho é como um beijo sem amor". Esta é ainda melhor do que a frase que pensei à beira do Arno. Aliás, que frase era mesmo? Não consigo lembrar, ainda mais enquanto observo a ragazza girar sua taça. Sem entender o que faz, a morena apenas sabe que gosta disso. Ao terminar a pasta ela chupa seus dedos engordurados, um por um. Parece que, em algum lugar dentro de si, o vinho e o ponche acabam de se encontrar. Então a pego pela cintura e a faço levantar-se, pressionando-a contra uma das geladeiras. Com uma das mãos, busco sua nuca, soltando seu rabo de cavalo. E puxando de leve seus cabelos, beijo sua boca, saboreando-a.

Aline hesita a princípio, pressionada contra o aço gelado. Mas logo se entrega. Pela primeira vez suas mãos não protegem seu corpo. Devagar, controlando o ímpeto de rasgar, abro os botões de sua blusa. Ela nada diz, apenas arqueja enquanto seu colo é revelado. Com lábios e língua, acaricio seus seios, acompanhando o ritmo de sua respiração. Mas no momento em que minhas mãos deslizam por suas coxas dentro da saia, ela recua. Com firmeza, la Bruna coloca as duas mãos espalmadas em meu peito, contendo-me.

Meu corpo ferve. Aline me encara de olhos bem abertos, pupilas dilatadas. Ragazza difficile! Sem esconder minha impaciência, pergunto o que houve, sem tirar as mãos de seu corpo. Ao que ela, num sussurro e sorrindo com um leve repuxar de lábios, apenas responde:

— Apague a luz.

Trancados no melhor hotel duas estrelas que o dinheiro pode pagar, nos escondemos do trabalho, dos amigos, da cidade e do tempo. Ao longo de dois dias, conhecemos mais do corpo e da vida um do outro. Aline contou que é professora em uma pequena creche no Rio de Janeiro. Que seu time do coração chama-se Botafogo. Que no Brasil existem escolas que são de samba. E que o Cristo Redentor é muito maior do que todas as estátuas de Firenze empilhadas umas sobre as outras. Entre conversas tolas, enganamos todos. Menos ao tempo.

Segunda-feira então chega. Aqui estamos nós, em uma mesa do Giubbe Rosse, tomando o último café na conta da manteiga. A manhã é de céu aberto, sem nuvens, como se o sol debochasse de nossa melancolia. Logo ela terá de retornar à pensão, onde não aparece há três noites. Fazer as malas, dar explicações, partir. Aline terá muitas histórias para contar a Isabel e para quem a espera no Rio de Janeiro. No fim das contas, é isso que sou: um conto de verão.

— Toni... sei que não deveria, mas preciso dizer algo.

Torço para que não diga que me ama. É sempre constrangedor quando elas fazem isso no último dia.

— Queria dizer que sentirei sua falta.

— Bruna mia, sempre soubemos que as coisas seriam assim e...

— Você não me deixou terminar.

— Cosa?

— Quero que saiba que voltarei. Decidi agora.

Rio com escárnio. Ela franze o cenho e parece se zangar com minha incredulidade. Elas nunca voltam. Todo dia, milhares de mulheres vêm à Itália justamente para ter uma aventura amorosa, voltar às suas vidas normais e jamais retornar. Esse é o roteiro. Eu sou um clichê.

— Vai comprar toda a manteiga do Rio de Janeiro?

— Darei meu jeito.

— O tempo vai passar. Você vai me esquecer.

— Você vai?

O sino da torre do Duomo toca. Salvo pelo gongo. Realmente, sou um clichê.

— Preciso ir, Toni.

Nos levantamos e nos beijamos exatamente como um último beijo deve ser. Abro os olhos, imaginando encontrar um olhar triste. Mas só vejo convicção.

— Daqui, vou para o verão do Rio de Janeiro. Mas ano que vem volto para o verão da Toscana. Imagine meu bronzeado após escapar de dois invernos seguidos.

Ela vira as costas e parte. Passos firmes, rebolar decidido. Sorrio enquanto tento gravar essa imagem na memória, como se fosse o final de um filme. Aliás, já vi esse filme. Tantas e tantas vezes. E é por isso que sei que nunca mais verei questa brava ragazza brasiliana.

1964

De punhos cerrados, me levanto e grito. Todos esperamos por esta oportunidade por quase duas horas. Eles correm, incentivados por meia dúzia de aficionados como eu. É tudo muito rápido. Quando percebo, já estou sentado novamente, acompanhando com decepção a trajetória da bola. Ela voa para fora do estádio, graças a um chute infeliz. Infelicidade do jogador que desferiu o chute, não da bola. Esta parece satisfeita em fugir pelos ares.

O contra-ataque mal concretizado é o último lance da partida. Fiorentina zero, Modena zero. Com o resultado, acabam-se as chances de vencermos o scudetto este ano. Procuro teimosamente uma última pipoca em meio aos milhos não estourados. A mesma teimosia que me faz vir al stadio desde bambino. Normalmente o troféu do campeonato é revezado entre Milan, Juventus e Torino. Porém houve uma vez em que fomos campeões: a inesquecível temporada de 1955-56. Eu tinha dezoito anos e virei esta cidade do avesso de tanto comemorar. Me pergunto se viverei o suficiente para ver Firenze conquistar o título novamente.

Quando penso nisso, lembro de quem me trouxe a esta arquibancada pela primeira vez. Meu pai não esteve em nenhum dos jogos daquela grande temporada. Quando garantimos o título com quatro a um sobre a Lazio, dei ao velho Gennaro uma edição especial do La Nazione, com o poster da Viola campeã. Menos de três anos após a morte de mamma e já acompanhado de uma garrafa de grappa, babbo pareceu não entender bem o que se passava. Mesmo assim nos abraçamos. Acho que foi uma das últimas vezes que fizemos isso. Ao longo de uma semana, o velho trajou uma surrada camiseta roxa, em silenciosa e pouco higiênica comemoração. Essa é a última lembrança que tenho dele como torcedor. Hoje, ele torce apenas para que a garrafa não seque ou o bar não feche.

Acendo um cigarro e observo Nicola conversar com uma loira perdida em meio à torcida. Sueca, com certeza. Ao que parece, ela tem uma amiga, tão nórdica quanto. Frank acena para mim, mas sinto preguiça. Me levanto, abano para o trio e parto em meio aos demais torcedores com cara de zero a zero.

Ao menos faz sol: 24 de maio, desses domingos em que a primavera flerta com o verão e todos esquecem o rigoroso inverno que passou. De maio a setembro é preciso habilidade para pedalar diante da profusão de pernas e decotes. Ainda mais após longa estiagem de corpos à mostra. Mas não que não goste do inverno. A Toscana também tem seus atrativos nesta época do ano. Além do vinho e de Francescas e Fiorellas ávidas por calor humano, há também os cafés, a neve, as lareiras crepitantes. E, é claro, as comidas de inverno. Em várias noites me vi observando babbo dormir. Recordando sua lendária ribollita e demais iguarias, das quais há tanto tempo o velho privou a todos.

A Piazza della Reppublica ainda está distante e resolvo me refrescar. Limpo o suor da testa e estaciono la bici em frente a uma gelateria. Enquanto analiso os sabores, me deparo com uma cesta de morangos a enfeitar o balcão. Atenta, uma das atendentes percebe meu interesse pelos frutos e sorri. Ajeito o cabelo e também lhe apresento os dentes. La ragazza afirma que estão fresquíssimos. Não tanto quanto ela, penso: adolescente, bagunçados cabelos castanhos, lábios grossos e seios a tremer suavemente sob o avental. Com água na boca, pergunto se quer me dar um para degustar. Ela diz que não pode, o patrão não gosta. Então me escoro sobre o balcão, me aproximando. E digo, com franqueza, que talvez não tenha entendido a questão: não perguntei se pode ou deve, mas sim se quer me dar um morango.

A ragazza olha para os lados, mordendo o lábio inferior. Então pega o maior morango que encontra e me entrega, roçando de leve seus dedos nos meus. Brilhante como um rubi, levo-o à boca. Ela tem razão: é fresquíssimo. Seu cheiro e sabor tomam conta de meus sentidos, trazendo uma repentina nostalgia ao meu peito. Então abro um ligeiro sorriso, que logo se desfaz. Como quem por muito tempo tem a estranha sensação de que esqueceu de algo, mas não sabe o que é. E quando lembra, já é tarde demais e não faz mais diferença.

Descobri uma das frutas do perfume de Aline.

Nos degraus da Piazzale Michelangelo, Nicola e eu regamos duas belas flores com vinho branco. Paulina e Anaís, turistas da Guatemala. Quando Frank as abordou em pleno stadio, uma semana atrás, imaginei serem suecas. De pele clara e olhos azuis, em nada lembram mulheres latinas. O que só pode significar uma coisa: são ricas. Ainda mais vindas de um país tão remoto. Congratulo Nicola pelo achado, enquanto as meninas coram sob efeito do álcool e do entardecer.

A noite passa veloz. São nove horas e tanto a garrafa quanto a piazza esvaziam-se. Nicola levanta-se e puxa Paulina pela mão. Desde o princípio percebi seu entrosamento com a mais velha das irmãs. Frank já deve ter chegado às vias de fato com ela. O maledetto escondeu-me o tesouro por dias, imagino. Mas não posso culpá-lo. Fui eu quem os esnobou no stadio. Estendo a mão a Anaís, a convidando para uma caminhada. Ela aceita. Formados os casais, agora é cada um por si. Nicola e sua loira logo desaparecem escadaria abaixo. Já eu levo a minha por uma descida alternativa, em meio às árvores, pelo outro lado da piazzale. Com as mãos em sua cintura, a conduzo em meio à escuridão.

Assim que iniciamos a descida íngreme, Anaís tropeça em algo. Ou joga-se em meus braços propositalmente, não sei. Tudo que sei é que, apoiados em um tronco de árvore, nos beijamos com força. Sem enfrentar resistência, minhas mãos deslizam pelo corpo da ragazza. De olhos fechados, em vitoriosa antecipação, vislumbro o café da manhã de seu hotel. Perdendo o controle, ela geme em espanhol, tocando minha orelha com seus lábios. Me arrepio e puxo seu cabelo, trazendo sua boca de volta à minha. Com minha mão dentro de seu sutiã, ela volta a dizer coisas incompreensíveis. Sem pensar, também começo a falar. Porém de súbito Anaís me empurra.

— Cómo usted me llamó?

— Cosa?

— Usted me llamó por otro nombre. Me llamó Aline.

— Non! Ho detto Anaís, bella!

Uma estranha discussão se inicia. Ela, reclamando em espanhol. Eu, me defendendo em italiano. Tento retomar o momento, mas o clima entre nós esfria. Então voltamos a caminhar em silêncio constrangedor. Em menos de dez minutos chegamos à beira do Arno. Tentando amenizar a situação, a convido para um sorvete. Mesmo amuada, ela aceita. Imagino que Frank vive situação oposta neste instante. Provavelmente já com Paulina em seu quarto, mostrando seu caderno de poesias. Coisas como:

Encontrou-me o amor de todo sem armadura.
E aberto o caminho dos olhos ao coração.
Que de lágrimas são feitas a porta e a abertura.

Linhas que escreve para desafogar o coração, ele dirá com desfaçatez. Na verdade, todos os versos que declama são de Francesco Petrarca, eterno poeta toscano e maior voz romântica a passar por este mundo. Muito já utilizei suas rimas também. A diferença é que Nicola assume para si a autoria das palavras. Um canalha maravilhoso. E sortudo também. Mamma Nicoletta fica invisível sempre que Frank surge em casa acompanhado. Eu jamais poderia fazer isso. Nada, nem mesmo chamar uma ragazza pelo nome errado, pode arruinar mais um clima romântico do que um velho fedendo a grappa na cama ao lado.

Anaís seca o suor com um lenço, recompondo-se enquanto caminhamos rumo à gelateria. Tentando quebrar o silêncio, diz já saber que sabor de sorvete pedirá. E, para não fazer feio, pergunta como se diz "morango" em italiano. Respondo num suspiro.

— Fragola...

O Odeon é como um refúgio. Sempre fresco e aconchegante, não importa o horário ou a temperatura lá fora. Posso dizer que aqui me sinto em casa. Até mais do que em minha própria casa. Se de meu pai herdei o interesse por culinária e futebol, de mamma puxei o gosto pela sétima arte. Donna Maria era uma entusiasta dessa atmosfera elegante, dos trailers e noticiários antes dos filmes, dos astros em tamanho gigante. Sempre contava, orgulhosa, que sua cidade natal possuía mais salas de cinema do que Firenze nos anos 30. Nessa remota cidade chamada Porto Alegre, a jovem noviça suspirava diante dos galãs e fazia o sinal da cruz a cada cena de beijo.

Com minha mãe assisti a todos os clássicos do fim dos anos 40 e início dos 50. Eram momentos só nossos, vidrados na grande tela, acreditando em tudo que Bogart, Bergman e Stewart dissessem. E se mamma ensinou-me a admirar a constelação hollywoodiana, foi ao meu lado que ela descobriu os italianos Alessandrini, De Sica, De Santis e tantos outros.

Observo os passos de John Wayne na grande tela. Em meio à projeção de *A conquista do Oeste,* aclamado western da última temporada, me perco em um dilema excruciante. Só penso na frase "Mañana es mi última noche. Usted duerme conmigo, Toni?". Afagando o bilhete que levo no bolso, sorrio. Anaís tem tudo planejado: Paulina parte para Milano amanhã, deixando o quarto no hotel livre só para nós. No dia seguinte, manhã de sábado, minha loira embarca em um trem para reencontrar a irmã e, enfim, voltar à distante Guatemala. Apenas uma noite, ela me pede, em um bilhete perfumado. Antes de partir para um dia de visita a Pisa, pediu a um mensageiro de seu hotel para me entregar a missiva no Giubbe Rosse. Só uma noite, ela suplica, após dias de faniquitos de pudor juvenil.

Mas o que digo a Nicola? Farto de Paulina, Frank a deixou de lado e planejou uma viagem à praia para nós justamente amanhã. Mais uma ida a Livorno, agora na casa de veraneio dos Gamberini, com hospedagem gratuita e, claro, infindável lista de garotas. Meu exagerado amigo me fez prometer que dessa vez iria, que não desistiria de última hora. Até hoje resmunga pelo ocorrido ano passado, quando o abandonei em véspera de viagem. Comovido, fiz a promessa. Porém Anaís ainda não havia feito seu irresistível convite. Observo a expressão implacável de mister John Wayne na grande tela e me pergunto se o velho cowboy já viveu um dilema como o meu. Imagino que não. Azar o dele.

Sorridente, me recosto em minha poltrona e estendo os braços sobre os dois assentos vazios ao meu lado. Tenho certeza de que meu melhor amigo me perdoará mais uma vez. Não há como deixar escapar uma oportunidade dessas, com uma loira daquelas. Penso nas longas pernas de Anaís, nos lençóis de linho de seu hotel cinco estrelas, no café da manhã nababesco e solto um suspiro de satisfação em meio à matinê quase vazia. Confiro o relógio: quatro e meia da tarde da primeira quinta-feira de junho. Enquanto o Giubbe Rosse ferve em pleno verão, dou de ombros, voltando minha atenção ao filme. Sim, cedo ou tarde Nicola me perdoará. Se meu chefe o faz diariamente, ele também o fará. Amigo é para essas coisas.

NÃO SÃO NEM DEZ HORAS da manhã e já estou suando. Desde a hora em que acordei não paro de pensar em como contar a Nicola que não irei à praia esta noite. Já prevejo: pelo resto da vida, ouvirei seu discurso sobre falta de companheirismo. Sobre egoísmo. Sobre o mar límpido. E sobre as mulheres que perdi. "Aveva una che era uguale a Claudia Cardinale!", ele dirá na segunda-feira. Segundo ele, sempre tem uma que parece a Claudia Cardinale.

A esta hora, Anaís já deve estar acordada, em preparativos. Planejando os detalhes da noite que terá comigo, enquanto acompanha Paulina à stazione. Saboreio o momento após quase uma semana de investimento. Será merecido. Ainda mais devido às lamúrias que terei de ouvir por meses, talvez anos. "Sei egoista, Antonello Bianchi! Pensi solo a te!", repetirá eternamente meu amigo.

A manhã vai passando e fico na dúvida se devo me antecipar e ir ao Orcagna ou se apenas aguardo que ele apareça. A piazza ferve e o movimento começa a ocupar minha mente. Quem dera todos os meus problemas fossem como os de hoje. Apesar da preocupação com Frank, o dia é de comemoração. E nada vai estragar isso.

Escuto um barulho metálico de buzina de bicicleta. É Nicola, passando em sua bici amarela. Ele abana sua boina no ar, enquanto ruma atrasado à Piazza della Signoria. Antes de sumir em meio à multidão, o ouço gritar algo sobre não se atrasar para o embarque. Abano de volta frouxamente. Anaís combinou de nos encontrarmos aqui no Giubbe às nove da noite. Daqui vamos direto ao seu hotel. Já pensei em tudo: montarei uma cesta com petiscos do ristorante e pegarei emprestado um espumante da adega. Comeremos na cama. De onde não sairemos a noite inteira.

Quando o meio-dia chega, resolvo acabar de uma vez com isso. Vou ao Orcagna, conto minha decisão e fico com a consciência tranquila. Olho ao redor e como não podia deixar de ser, o Giubbe Rosse atinge o ápice de sua clientela. Percebo Giuseppe lidando com um grupo de estrangeiros que, sentados na parte interna do ristorante, decidem trocar seu lugar por uma das mesas que acaba de vagar na área externa. É a minha deixa. Em um salto me apresento e os conduzo até onde querem sentar, sob um grunhido do garçom. Assim que os clientes estão instalados, percebo que apenas o velhote me olha, enquanto Duccio e os demais estão ocupados. Então, antes de correr à Piazza della Signoria, aviso ao colega que sairei por um instante, mas que logo retorno. Ao que, convicto, ele apenas me manda ir à merda.

— Ciao, Toni. Ti sono mancata?

Uma voz alegre e inesperada paralisa todos os meus músculos e contém minha escapada. Olho ao redor e logo fico sem palavras. Apesar do calor e do sol a pino, congelo diante do Giubbe Rosse ao perceber quem é a ragazza que me pergunta se senti sua falta.

— Então? Não é assim que se fala, Bruno?

— Aline?

A brasileira leva as mãos à cintura.

— É Bruna. Aliás, mais Bruna do que nunca. Avisei para se preparar para o meu bronzeado. Ou você esqueceu?

— Não esqueci de nada.

— Nem eu.

Alheio a Giuseppe e a tudo que se passa ao redor, abraço a ragazza e a convido para uma volta. Após breve caminhada, sentamos em um dos bancos da Piazza del Duomo com sorrisos petrificados nos rostos. Nada de beijos, apenas braços dados ao longo do percurso. A não ser pelo bronzeado mais intenso, Aline não mudou nada. Desde que partiu, passou um outono, um inverno, um campeonato italiano inteiro, uma primavera, algumas turistas. E nada mudou.

— Você achou que eu não voltaria, não é mesmo?

— Achei.

— Está feliz em me ver?

— Sim.

— Não parece.

— Estou feliz. Só um pouco surpreso.

— Um pouco, é?

Rio e relaxo. Uma brisa traz seu cheiro frutado às minhas narinas. Morango com o que, Dio Santo?

— Quando você chegou, Bruna?

— Ontem à tarde. Passei no Giubbe Rosse, mas você

não estava. Então deixei recado com o garçom mais velho e voltei para o hotel. O mesmo em que ficamos ano passado. Estava cansada da viagem, então dormi até a manhã de hoje e vim procurá-lo de novo.

Aline apareceu enquanto eu estava no cinema ontem. Pelo visto, e por jamais ter recebido o recado, quem a atendeu foi Giuseppe. Podia ter sido pior: eu poderia estar com Anaís no momento de sua chegada. Um calafrio percorre minha espinha.

— Você é louca, sabia?

— Não sabia. Só descobri quando deixei Firenze. Estava louca por você.

— E não está mais?

— Calma, ragazzo. No Brasil a gente diz que não se deve entregar o ouro para o bandido.

— Mas e se eu não estivesse em Firenze? E se estivesse com outra?

— Você está aqui, não está?

— Estou.

— Você está com outra?

O cabelo de Aline brilha e reflete a luz do sol, mesmo que seus fios sejam da cor da noite. Ela faz uma pergunta e minha resposta sai automática.

— Não há ninguém. Esperei você todo este tempo.

Ela ri, optando por acreditar. Então fujo do assunto.

— Quanto tempo ficará por aqui?

— Duas semanas. Foi o que consegui. Nem pergunte como.

Aline afaga minha mão, satisfeita com a surpresa que fez. Penso em Anaís, uma das mais lindas turistas que já tive nos braços; e em Nicola, meu melhor amigo. Momentos atrás, apenas um deles terminaria esta sexta-feira decepcionado comigo. Agora percebo que cometerei uma desfeita com ambos. A não ser que...

— Você gosta de praia, Bruna?

Ao ouvir a pergunta, seu sorriso se torna contagiante. É como aqueles momentos em que você está assistindo a um filme e, durante uma cena qualquer, passa a fazer a mesma expressão facial do artista na tela, sem perceber.

— Se gosto de praia? Eu sou carioca, Toni.

Na verdade, o bando de mulheres apregoado não passa de três garotas. Duas italianas, sendo uma delas o atual affair de Lucca Gamberini, e uma estudante russa. Mas em uma coisa Nicola teria razão se passasse a vida me repreendendo por não vir: o mar de Livorno está absurdamente azul neste sábado. Sentados na areia, todos relaxamos.

— Esta praia é linda mesmo, Toni.

— Mais que o Rio de Janeiro?

— Aqui é mais tranquilo, a água mais azul... mas o Rio é diferente. Difícil explicar.

— Gostaria de um dia conhecer.

Silêncio. Não devemos ter este tipo de conversa. Serão apenas duas semanas. Fitamos o mar como se ambos pensássemos nisso ao mesmo tempo.

Nicola também está calado, sentado entre as duas garotas avulsas. Quando surgi na stazione acompanhado, Frank não pareceu satisfeito. Paciência. Não se pode agradar a todos. Isso me lembra Anaís. Imaginar sua decepção, solitária em sua última noite em Firenze, me rasga o coração. Tudo que fiz foi deixar uma carta na recepção de seu hotel. A esta hora ela deve estar a caminho de Milano, lendo e relendo a mensagem. No bilhete, o de sempre: a saúde de meu pai como desculpa. Escrevi que desistir de nosso último encontro me doía, e talvez esta tenha sido a única passagem totalmente verdadeira. Descartar uma pessoa pode ser quase tão difícil quanto ser descartado. Ela sobreviverá. Eu, por exemplo, nunca morri. Penso nas palavras que usei no início da mensagem. Ao menos, ficarão como souvenir de sua romântica aventura de férias.

Não tenho paz nem faço guerra,
Temo, espero, e do ardor ao gelo passo.
Voo acima do céu e jazo à terra,
E nada agarro e todo o mundo abraço.

Vejo sem olhos, sem ter língua grito.
Anseio por morrer, peço por socorro,
Amo outrem e a mim tenho ódio atroz.

Nutro-me de dor e rindo choro aflito;
Despraz-me por igual se vivo ou morro;
E neste estado estou, Dama, por vós.

O velho golpe de utilizar um antigo soneto para endossar um texto ruim. Me perdoe, Petrarca.

— Vou dar um mergulho. Vem comigo?

— Depois... farei um pouco de companhia a Nicola.

— Boa ideia. Afinal, sei mio per due settimane.

— Ah, è vero?

Aline não me ouve, apenas corre pela areia, desfilando seu biquíni preto. Aos demais, resta apenas fingir que não olham sua bunda. Pelo visto, la brasiliana andou treinando algumas frases. Adoro quando fala italiano.

Frank, assim que percebe que estou sozinho, pula para o meu lado.

— È veramente una brava ragazza — diz, fazendo o melhor que pode para não estragar o fim de semana de todos.

E isso me comove. Porém por mais que tenha meu parceiro em alta conta, preciso ficar sozinho com Aline. Ainda não tivemos oportunidade. Primeiro o trem. Depois o quarto sem privacidade. Estamos eu, Frank e Aline no mesmo cômodo da casa de verão dos Gamberini. La Bruna não é do tipo de mulher que se possa arrastar para o meio do mato. Bom seria se meu amigo se enroscasse com alguém.

— Che ne pensi di Svetlana, caro?

Frank pergunta o que penso de Svetlana, la russa. Ele praticamente a come com os olhos. Não é para menos: o decote de seu maiô vermelho é uma convocação ao olhar. Assim como seus cabelos platinados e pele branca como a neve siberiana. Porém seus dentes tortos me atordoam. Então analiso a outra opção: Tatiana, elegante siciliana de cabelos escuros, longas pernas e promessas de noites maldormidas sob cada peça de seu biquíni azul. Eu certamente optaria pela segunda. Mas Nicola pergunta pela loira, que nos espia com um olhar malicioso, enquanto a italiana ignora nossa existência.

— Ah, si, la russa... Impressionante la somiglianza con Claudia Cardinale.

Ele me abraça, feliz com a aprovação. E rapidamente salta de volta ao seu posto. Estirada sob o guarda-sol, la russa destaca-se da areia branca apenas por seu maiô. Frank sorri para ela e pergunta se alguém já lhe disse que se parece com Claudia Cardinale. Tenho certeza que não, penso eu. Porém Svetlana sorri de volta com seus dentes mal alocados. Não sei se concordando ou não entendendo uma única palavra do que ele diz. Discretamente meu parceiro pisca para mim. Ao que respondo com um sinal de ok com a mão. Amigo é para essas coisas.

Deitados em uma esteira de palha estendida na varanda, Aline e eu observamos o firmamento. A noite em Livorno é muito mais estrelada do que em Firenze. Pelo visto mais estrelada do que no Rio de Janeiro também. Sorrio ao lembrar do jantar. Todos falando em italiano e a morena sempre atenta, vivaz, mesmo sem entender o que se dizia. Sua alegria em contraste ao estupor da russa, dois peixes fora d'água. Se bem que na praia esta tarde, nada pareceu mais natural do que a figura da brasileira no mar.

Estico o pescoço e espio Nicola. Sobre o sofá da sala, meu amigo tem as duas mãos dentro do vestido de Svetlana. Já Lucca, ao que parece, trancou-se em sua suíte com as duas italianas disponíveis. Aí está um homem que sabe utilizar um dormitório.

Aline pergunta o que estou pensando. Minha resposta é um convite: subir ao quarto e nos trancarmos, aproveitando a distração de Nicola. Ela pergunta se ele não ficaria zangado. Apenas digo que meu amigo faria a mesma coisa. Nesta hora, nos beijamos longamente. E quando abrimos os olhos, percebo que Frank e a russa sumiram. Me sento na esteira e, atônito, corro os olhos pela sala de estar. Ainda tenho tempo de ver os pés deles no último lance de escadas, rumo ao segundo andar. E assim que Aline também se senta, ouvimos o som de uma porta fechar e o clique de uma chave. Maledetto!

A morena percebe minha decepção e ri, envolvendo meu pescoço com os braços. Sozinhos na sala, logo voltamos ao que estávamos fazendo. Mas quando nossas roupas começam a parecer que se abrem sozinhas, ela se ergue num salto e me estende a mão.

— Vem!

Aline corre jardim afora, me puxando. Não existe outra opção a não ser se deixar levar. Saímos do terreno e, após rápida corrida pelas poucas ruas escuras que separam a casa do mar, chegamos à praia deserta. Iluminados somente pela lua que o céu exibe e a águas refletem, ela tira as sandálias. Quase perdendo o equilíbrio, faço o mesmo. Sem nenhum receio, a brasileira abre sua blusa, botão por botão. Repito seus atos, sem questionar. La Bruna tira a roupa inteira, fica nua em instantes, e seu corpo é coberto apenas pela luz azulada da noite. Faço o mesmo, só que com menos calma e elegância, perdendo um dos botões da camisa no processo. Antes mesmo de terminar de me despir, ela começa a correr, como se flutuasse rumo às ondas. Me atrapalho com o zíper da calça, mas finalmente fico nu. E corro, chacoalhando as partes íntimas e tropeçando o mínimo possível pela areia branca, seguindo seu cheiro frutado no ar.

Aline me aguarda de braços estendidos, já dentro d'água. Uma sereia, cabelos molhados e seios à mostra. No mar de Livorno.

— Vem, Toni. Sempre quis fazer isso.

Freio bruscamente e observo enquanto Aline salta e corre. Conseguir a Vespa emprestada foi uma dura negociação que envolveu o melhor uísque do Giubbe Rosse e a boa vontade de Lucca Gamberini. Ainda não sei como darei sumiço na bebida mais cara do ristorante. E sei que sua família não precisa de mim para manter o bar equipado. O fato é que o bon vivant vive disso: jogos de futilidade. Um amador com recursos. Eu, um profissional com verba restrita.

Aline chama meu nome. Seu sorriso é do melhor tipo que existe: o de mulher feliz em dia de sol na Toscana. Há mais de uma hora, rodamos pela região de Chianti. A cada meia dúzia de quilômetros, um pedido de parada repentina, para a brasileira explorar a paisagem. Essas colinas são assim mesmo, não foram feitas para quem tem pressa. Porém estamos atrasados. Então salto da Vespa e vou até onde la Bruna está, a tomo nos braços e retornamos à scooter vermelha. Ligo a ignição e ela me abraça forte, da mesma forma como faz na cama. Desde que voltamos de Livorno, tem sido um martírio deixá-la no hotel para ir trabalhar, me causando atrasos maiores que o usual. Menos ontem, quando fui ao Giubbe Rosse logo cedo, por um motivo especial: era quarta-feira, dia da entrega semanal de nosso vinho da casa. E foi com o fornecedor em pessoa que combinei de almoçarmos hoje. Por isso acelero.

Em poucos minutos, chegamos ao nosso destino. Uma das inúmeras construções de pedra que pontuam a paisagem.

Um pórtico com uma placa enferrujada dá as boas-vindas à Azienda Vinicola Giuliana. Levantando poeira, estaciono diante da casa principal e um ancião de camisa amarela surge para nos recepcionar. Signor Roberto Camerino, do alto de seus quase noventa anos, vem a passos lentos, ritmados por pitadas no cachimbo e uma bengala bem lustrada.

— Buongiorno, signor Camerino! Dispiace il ritardo...

— Ma che ritardo! Vieni qua per un abbraccio!

Apesar da idade avançada, o velho é firme no abraço. Com vitalidade impressionante, ele nos conduz até uma mesa com vista para seus vinhedos. Uma seleção de salames e queijos da região nos aguardam. Assim como o vinho produzido na casa, com o qual o anfitrião faz as honras.

— Accetta una tazza di vino, signorina?

— Vino sempre!

Sentamos e o velho desata a falar. Eu o conheço desde bambino. Foi meu pai quem indicou sua vinícola ao Giubbe Rosse há mais de vinte anos. Desde que comecei a trabalhar no ristorante, ele regularmente me convida para um vino em sua propriedade. De tempos em tempos venho visitá-lo. E pela primeira vez trago alguém comigo.

Comemos em silêncio, pois o anfitrião fala por todos. Primeiro discorre sobre as delícias diante de nós. Depois conta anedotas. Por fim lembra histórias sobre meu pai, levando o encontro por um caminho tedioso. Certamente Aline não tem interesse no assunto. Camerino tem uma dívida de gratidão com babbo por ele ter indicado sua azienda não apenas ao Giubbe Rosse, mas também a outros estabelecimentos. Ao que parece, a opinião do velho Gennaro era respeitada até pela concorrência. Isso no tempo em que tinha opiniões.

Enquanto Aline se diverte tentando entender o matusalém, corro os olhos pelas paredes e vejo uma pintura de sua falecida esposa. A tela mostra donna Giuliana jovem, seus enormes olhos e longos cabelos negros. Há muitos anos a exótica signora morreu de leptospirose contraída dos ratos que ela mesma criava, em gaiolas cheias de rodas e apetrechos. Uma morte estúpida e sem sentido. E ainda assim o velho jamais se entregou à amargura, prosperando graças à produção das garrafas de Giuliana Chianti Classico.

Súbito, faz-se o silêncio. Signor Camerino, finalmente cansado, pede licença para dedicar-se ao sono vespertino. Mas antes faz reverência diante da vista, nos convidando a passear pelos parreirais.

— È tutto vostro, ragazzi — e, com malícia, pede apenas que nos comportemos. Do alto da experiência de quem tantas vezes já perdera o juízo com donna Giuliana nessas colinas.

— Mais limoncello?

— Quer me embebedar?

— Sim.

— Aceito.

Sirvo mais uma dose. Sentados à sombra de uma oliveira, degustamos o conteúdo da garrafa que peguei emprestada do bar de nosso anfitrião.

— Toni, já faz uma semana que você não volta para casa. Seu pai deve estar preocupado.

— Acho que a última vez que o velho se preocupou com alguma coisa foi na década passada.

— E você? Não pensa nele?

— Bruna mia... está tudo sob controle.

— Você não respondeu.

— Aprendi a não me preocupar. Nem com ele, nem com nada. Você treina sua mente para evitar certos pensamentos. Fiquei muito bom nisso.

— Isso é triste. E egoísta. Pelo que me contou, seu pai nunca se recuperou da morte de sua mãe.

— Não foi fácil para mim também. Mas me ergui sozinho. Veja o velho Camerino... também perdeu a mulher e segue vivendo muito bem.

— Mas Camerino não é seu pai. Senhor Gennaro talvez esteja lhe procurando. Talvez ele...

— Você não sabe de nada.

Me surpreendo com meu próprio tom de voz, seco e ríspido. Um estranho constrangimento se apodera de mim ao sentir Aline me fustigar com o olhar. É como se já soubesse o que ela vai dizer.

— É verdade. Não sei como é ter os pais. Mas sei que são um pedaço da gente. Você gostando ou não, deve algo a esse senhor. Eu gostaria de conhecê-lo.

Sinto o sangue ferver. Quem ela pensa que é? Só de imaginar a cena de levá-la à minha casa, com meu pai bêbado caído em um canto, sinto um arrepio. Abro a boca para rebater sua fala, mas me contenho. Aline olha para o horizonte, me evitando. Lembro de mamma. De como me sentia mal quando a chateava por qualquer motivo.

— Bruna...

Quero dizer qualquer coisa que faça o clima voltar a ser como antes. Mas nada me vem em mente. Mesmo contrariada, ela continua linda. Percebo que sei muito pouco sobre essa ragazza. Una donna destemida que cruzou um oceano por minha causa. Porém evito fazer perguntas, me meter em sua vida. Ela deveria fazer o mesmo. Afinal, temos apenas essas duas semanas. Com expressão séria, ela se volta para mim. Pela primeira vez percebo que seus olhos não são totalmente castanhos. Refletindo as colinas ao redor, eles parecem esverdeados. Talvez seja só impressão. Talvez seja o limoncello.

— Deixa estar, Toni... apenas tive vontade de conhecer o senhor Gennaro.

Suspiro. É bom que o velho não me faça passar vergonha.

Sem abrir os olhos, me espreguiço. Não sei quanto tempo dormi. Jogo o braço para o lado, buscando o corpo dela. Mas tudo que encontro é uma parede fria. E só então me dou conta de que estou em minha casa, no pequeno e empoeirado apartamento no bairro de San Iacopino.

Prometi a Aline conversar com meu pai sobre a ideia de almoçarmos todos juntos. Ela ficou satisfeita. Eu, apreensivo. Enquanto Bruna dormia esta manhã, empreendi longa caminhada até aqui. Como era de se esperar, babbo não estava em casa. Não posso culpá-lo por isso. Minha primeira reação ao entrar foi querer sair. A luz do sol, que se insinua por uma fresta na janela, torna possível perceber uma nuvem de poeira pairando no ar. No chão, uma das cadeiras caída simboliza o descaso em que vivemos aqui. Desde que nos mudamos para cá, nunca decoramos o lugar. De luxo, apenas o sistema de calefação para os dias mais frios. Mas isso já veio com o imóvel. O que não veio foi o cheiro de mofo que toma conta do ambiente.

Sem sono para outra soneca, e já que vamos receber uma rara visita, resolvo ajeitar a casa. Começo pela cozinha. A torneira geme, como se reclamasse por estar sendo usada. Esse sentimento parece presente em cada coisa que toco, como se o apartamento também não tivesse apego por seus moradores. Apesar de meu esforço, ao fim o lugar permanece sujo. O que é melhor do que imundo. Já que meu pai não chega, resolvo fuçar no armário entre as camas, averiguar velhas caixas. Este parece ser um bom momento para me livrar de antigos papéis que servem apenas de banquete para traças. Injusto, pois essas parecem ser as ocupantes mais assíduas deste lar.

Alcanço a maior das caixas, na última prateleira. Prensada entre livros de culinária e poesia, ela parece me encarar. Com esforço, trago-a para o chão e abro-a devagar, temendo o que encontrarei. Não me espantaria com nada. Nem com documentos amarelados, nem com um morcego morto. Mas o conteúdo não tem nada de surpreendente: apenas fotos, cartas, brinquedos e uma caixa de joias de mamma, que incrivelmente não foram transformadas em grappa.

Três fotografias. Em uma delas meus pais aparecem jovens, lado a lado. Me parece Roma. Em outra estou no colo de mamma, com babbo ao lado, sentados diante de nossa velha casa. Fotos posadas, como se fazia antigamente. Só mamma sorria. Tento lembrar de como é o sorriso do meu velho, mas não consigo. Na última foto somos apenas eu e ele em um lugar com árvores. Lembro vagamente desse dia. Estávamos no Cascine. Eu com cerca de dez anos. Ele, não sei. Parecem duas pessoas distintas. Uma é o homem das fotos e lembranças, admirado por todos. Outra é esse velho decrépito de hoje em dia.

Encontro também várias cartas, com destinatário brasileiro, na cidade de Porto Alegre. Todas lacradas, com um carimbo dizendo "ritornata". Foram devolvidas sem sequer terem sido abertas. Estranho. Mamma nunca contou sobre essas tentativas de se comunicar com a família. Frustradas, pelo visto.

Penso em abrir uma delas, mas minha atenção é desviada para um objeto azul em meio a carrinhos sem rodas e bonecos sem cabeça. Um prato de plástico com uma inscrição gravada na sua borda: *Il primo piatto di Antonello Bianchi.* Olho para uma das paredes encardidas e recordo desse dia como se fosse uma projeção na tela do Odeon. Meu pai cozinhando, eu sentado na pia da cozinha. Ele fazia um spaghetti, mexendo seu molho despreocupadamente. Aproveitando-me de um descuido dele, pesquei um pouco de massa com um garfo de plástico diretamente da panela para meu prato azul. Por ser mais grosso, o prato resistiu firme à pasta fervente. Já o garfo entortou-se. Então peguei uma colher e misturei um pouco de manteiga à massa, adicionando um toque de sal. Nessa hora babbo percebeu a perigosa brincadeira e me pegou no colo. Exaltado, me pediu para prometer nunca mais fazer algo assim. Ao que concordei, desde que experimentasse minha pasta. Com um garfo de verdade, o chef fez as honras.

— Hmmm... manca un po' di prezzemolo, figlio.

Divertindo-se, meu pai concluiu faltar apenas um toque de salsa. Então me alcançou um grande ramo, fresco e verde, de onde tirei pequenas folhas e espalhei pelo prato. Babbo experimentou de novo e exclamou: "Perfetta!".

A porta range. É ele, chegando em casa. O Gennaro atual, de barba esbranquiçada e parcos cabelos revoltos. Em um paletó que parece ter sido roubado de um cadáver, ele me olha surpreso. Parece não compreender o que faço segurando o pequeno prato azul.

— Babbo... possiamo parlare?

Ele consente com um leve meneio de cabeça. Então aviso que trarei uma ragazza para almoçar conosco. Surpreso, meu pai me olha como um cão assustado. Digo que não se preocupe, cuidarei de tudo. Peço apenas que esteja em casa amanhã, ao meio-dia. Sóbrio. Nada mais.

— Ma... perché, Antonello?

Por que ela quer conhecê-lo? Boa pergunta. Respondo que se trata de uma ragazza importante para mim. Suas mãos, como de costume, tremem.

— Sei sicuro, figlio?

— Si, babbo.

Não digo mais nada, apenas aguardo uma resposta. Ele então abre a boca lentamente, olhando para o nada. Titubeante, o velho diz o que preciso ouvir. Com apenas duas palavras, Gennaro não só permite que eu retorne ao hotel como também encerra o mais longo diálogo que tivemos neste ano.

— Va bene.

Ao meio-dia em ponto chegamos ao palazzo em San Iacopino. Aline diverte-se com o termo, como se eu morasse em um palácio. Em italiano, qualquer edificação com mais de dois andares leva esse nome. Sinto decepcioná-la com o prédio cinzento e cheio de infiltrações onde vivo. Como se percebesse meu nervosismo, ela aperta minha mão, enquanto subimos a úmida e escura escadaria. Olho para trás e ela sorri. Que desperdício de entusiasmo.

Com a chave na fechadura, paro por um momento. Mas logo percebo que a esta altura qualquer tentativa de impedir o almoço é inútil. Abro a porta e para minha surpresa o apartamento está mais limpo do que o deixei no dia anterior. As janelas estão abertas e o ambiente iluminado, arejado. Mas as surpresas terminam aí. Afinal o velho não está em casa. Largo a sacola com as compras sobre a mesa, irritado. Aline entra apartamento adentro, sem cerimônias, e senta-se em uma das camas estranhamente arrumadas. Fico com as mãos apoiadas sobre a pia a observar a parede diante de mim. Ficamos assim, ela na cama e eu em pé, em silêncio constrangedor.

Nos últimos dez anos jamais pedi nada ao meu pai. Sempre me virei sozinho, procurei Duccio no Giubbe Rosse por conta própria e segui vivendo. Nunca atrapalhei sua derrocada, assim como o velho jamais se meteu em minha vida. Apenas dois homens dividindo o mesmo teto e a falta da mesma mulher. E nestes anos todos apenas um pedido: que estivesse em casa para este almoço.

Aline se levanta e vem até onde estou, abraçando-me por trás. Beija minha nuca e seu cheiro de morango com não-sei-o-quê aplaca minha ira.

— Não tem problema, Toni... almoçamos só nós dois.

Sigo olhando para a parede, sem reação. Ela me abraça mais forte, como se tentasse absorver minha raiva, constrangida por ser a causadora da situação. Então viro de frente para ela e a beijo. Passo a mão em seu cabelo e digo que está tudo bem. Não consigo vê-la triste.

— Se quiser, comemos algo na rua, qualquer bobagem...

— Comer qualquer bobagem? Assim você até me ofende, Bruna.

Ela sorri e me ponho a espalhar os ingredientes sobre a pia. Aline senta-se à mesa, enquanto abro a despensa e encontro um inesperado consolo: uma garrafa de Brunello de Montalcino. Meu vinho preferido. Praticamente uma miragem. Estranho, não lembro de ter visto isto por aqui ontem.

— Buongiorno...

Com o susto, quase derrubo a garrafa. Aline também se vira para a entrada do apartamento. Lá está meu pai, parado diante da porta que esquecemos de fechar. Ele veste um terno preto que não via desde o funeral de mamma. Barba feita, os poucos cabelos penteados para trás. Sua roupa é inadequada para o calor que faz no dia de hoje, mas obviamente foi a melhor que pôde arranjar. Porém nada chama mais a atenção do que o enorme pão que carrega nas mãos trêmulas.

— Scusi il ritardo, figlio... sono andato a comprare un pane.

Observo o velho sem saber o que dizer. Ele está com os olhos voltados para o pão, disperso. Digo que não há problema no atraso e Aline, aliviada, convida-o para sentar-se junto a ela. Apesar do silêncio que se segue, sorrio. Então abro o vinho e largo a garrafa sobre a mesa, diante deles, voltando-me ao preparo da pasta que planejei para nosso almoço. A água da torneira enchendo a panela é o único som no recinto. Até que, para minha surpresa, ouço meu pai quebrar o gelo, quase num sussurro.

— Vino, signorina?

— Vino sempre!

Nada como ter um pai alcoólatra.

Sentado em um dos bancos da Stazione Santa Maria Novella, fico quase duas horas observando o vaivém de rostos desconhecidos. Junto a mim, um velho chora. Ao que parece, a neta acaba de partir para algum lugar distante. Seus lábios tremem enquanto o pranto rola sem contenção. Invejo. Sempre tive dificuldade para chorar. Assim nenhuma alma desta estação desconfia que por trás de meus olhos secos se esconde o homem mais triste de Firenze.

A esta hora Aline deve estar chegando a Genova, de onde seu navio partirá rumo ao Brasil. Uma sensação de frio invade meu peito ao imaginar que talvez ela ainda esteja chorando. Então penso no que combinamos ao final destas duas semanas: tudo que devo fazer é esperar sua carta. Nos corresponderemos até que um dos dois tenha condições de ir ao encontro do outro. Penso na possibilidade de visitar o Rio de Janeiro. Quem não gostaria de conhecer o Brasil? Ela poderia vir para cá toda vez que fosse inverno por lá. E eu ir para lá toda vez que o frio chegasse aqui. Uma vida de eterno verão.

A esperança de rever Aline me dá forças para levantar e sair dalla stazione. Caminho em direção a San Iacopino, apesar de haver clientes esperando na Piazza della Reppublica. Não há clima para trabalhar. Rio sozinho imaginando a irritação do velho Giuseppe me vendo receber correspondências em local de trabalho. Isso que ele não sabe das madrugadas em que, tal qual nossa primeira noite, cozinhamos e fizemos amor dentro do Giubbe Rosse ao longo dos últimos quatorze dias. A ideia de dar o endereço do ristorante para nossas correspondências é mais uma motivação para ir trabalhar todas as manhãs. Torço para que mia Bruna já esteja como eu, pensando em coisas práticas. Lembro de suas últimas palavras antes de entrar no trem: "Se cuide, Toni. De você e de seu pai. Quem sabe você não começa a cozinhar com ele?".

Após vinte minutos, chego em casa. A sugestão de Aline me dá fome. Sem inspiração, faço um sanduíche com o pouco que encontro na geladeira. Algum queijo, salame, uma fatia de tomate. Sento em uma das cadeiras e observo meu lanche. É a refeição mais sem graça que faço nas últimas duas semanas. Conformado, fecho os olhos e dou a primeira mordida no pão. Ao mesmo tempo em que babbo me brinda com um sonoro ronco.

Saciada a fome, me entrego ao sono. Reflexo da derradeira noite não dormida ao lado dela. Antes de deitar, resolvo deixar um segundo sanduíche sobre um prato, ao lado da cama do velho. Exaurido por meus pensamentos, durmo um desmaio sem sonhos.

Quando reabro os olhos, apenas a tênue luz do pôr do sol ilumina o apartamento. Olho ao redor e meu pai não está mais em seu colchão. Saiu, provavelmente para sua ronda diária pelos bares da cidade.

Mas não sem antes deixar um prato com salame, queijo cortado em cubos, pão fatiado e um caprichado molho feito à base de tomate, azeite e pepperoncino ao lado de minha cama. Diante da troca de lanches, sorrio em meio à penumbra. É um começo. De uma longa espera até reencontrá-la.

1965

Toni,

Me perdoe por demorar a escrever. Imagino que esta carta só chegará até você após a virada do ano. Bem, acho que isso não fará diferença.

Desde que parti, penso em você todos os dias. Os dois verões que passei ao seu lado foram os melhores de minha vida. Dias que jamais esquecerei, tenha certeza. Mas não podemos seguir nos enganando. Não há como viver deste jeito: miseráveis em três estações do ano, iludidos em apenas uma. As coisas são complicadas para mim. Sempre foram, você não tem ideia. Existem coisas que você não sabe e que não vale a pena serem ditas. Você não vai entender estas palavras, mas espero que as aceite.

Ainda somos jovens. E você tem um talento incrível na cozinha. Cresça, não seja um desperdício. Cuide de seu pai. E procure me esquecer.

Comecei esta carta pedindo perdão e vou terminá-la da mesma forma. Me perdoe, Toni. Me perdoe por terminar nossa história assim, com uma carta. Estas foram as linhas mais difíceis que já escrevi.

Seja feliz.

Bruna

Rio de Janeiro, dezembro de 1964.

Abro o maço já sabendo que o encontrarei vazio. Mais por reflexo do que por real esperança de encontrar um cigarro perdido. Devolvo-o ao bolso com dificuldade, devido às grossas luvas. Faz algo próximo de quatro ou cinco graus nesta manhã cinza. Mas a sensação térmica em minha pele está em torno de zero. Dentro de mim, negativa.

Chove muito nesta segunda-feira de fevereiro. É quase meio-dia, mas o Giubbe Rosse não possui uma única mesa ocupada. Penso em tomar um café. Mas me falta motivação para prepará-lo. Mais do que isso: me falta ânimo para ir à cozinha, onde encontraria um chef nada satisfeito com meu atraso. Faz menos de dez minutos que cheguei ao ristorante. Cedo, se comparado com minha conduta nas últimas semanas.

A cabeça dói. Por mais que todos os dias chegue à mesma conclusão, nunca aprendo: misturar grappa com vinho não é boa ideia. O problema é que quando estamos bêbados, não existe ideia ruim. Como será que o velho Gennaro faz para lidar com a ressaca? Talvez o problema seja meu estômago, quase sempre vazio. Não sinto fome, apenas frio. Nos últimos dias, somente meu pai tem mantido nosso silencioso hábito de preparar comida um para o outro. Ao longo do outono e inverno, desenvolvemos esse estranho pacto alimentício: eu acordava mais cedo e, antes de sair pela manhã, preparava um prato para o almoço do velho.

Durante o dia era a vez dele preparar algo para o meu jantar. Jamais conversamos a respeito disso. Apenas adotamos o procedimento como parte de uma nova rotina. Durante meses, nossos diálogos se deram através de risotos, massas, carnes e antipasti. Isso até a chegada da carta.

Noite dessas cruzei com babbo em um dos bares da periferia de Firenze. Não nos cumprimentamos. Apenas cheguei perto dele e perguntei se estava tudo bem. Abraçado em uma garrafa de gim barato, sua resposta foi sim. Então após breve silêncio foi a vez dele me perguntar o mesmo. Respondi da mesma forma, empunhando uma garrafa de vinho quase vazia. Após a troca de gentilezas, saí do estabelecimento em busca de outro bar onde pudesse me degradar com maior privacidade.

Coço minha barba. Não estou acostumado com este visual. O normal sempre foi me desleixar por no máximo três ou quatro dias. E apenas porque algumas mulheres gostam de homens com barba por fazer. Esta sempre foi uma boa desculpa. Por mais que signor Duccio não goste de funcionários barbudos, ele nunca pôde dizer que meu visual não atraía clientes. Talvez o possa agora, nestes dias em que pareço um náufrago.

Ouço risos. Três garotas me protegem da chuva sob o pórtico de entrada da piazza. Vestindo capas amarelas, abrem um mapa. É meio-dia. Elas estão perdidas. São turistas. E não movo um único músculo para fazer meu trabalho. Apenas olho para trás, para ver se alguém mais percebe a presença delas. Ninguém. Esboço um sorriso e me encolho de braços cruzados. Uma súbita rajada de vento derruba o cavalete com a descrição do prato do dia. Sigo imóvel, a observar a chuva apagar os itens escritos com giz branco. Me dou conta de que até agora não sei qual é a especialidade de hoje. Diante de meu descaso, o velho Giuseppe resolve recolocar o cavalete em pé. Não sem antes praguejar, para quem quiser ouvir, que "è già da un mese che Antonello non fa niente di utile".

Velho dos infernos. Além do mais, ele está errado quando diz que já faz um mês que não faço nada de útil. Na verdade, hoje faz exatamente quarenta dias. Quarenta dias e vinte e duas linhas.

Amasso a folha de papel e a seguro com uma das mãos. Com olhos semicerrados, faço mira e arremesso. A bola de papel bate na borda do cesto de lixo, ricocheteia na parede e se junta a outras três, todas caídas próximo à lixeira, vítimas de minha inaptidão não só no basquete, mas também na escrita. Só me restam duas folhas em branco. Escrever nunca foi um hábito nesta casa, por isso tive dificuldades para encontrar papel limpo. Achar uma caneta foi mais fácil. Mas sua tinta seca e escassa teima em não escrever. Bastam algumas batidas e esfregões para reanimá-la. Penso em aplicar essa técnica em minha cabeça também.

Já faz quase dois meses que me debato sobre a questão: devo ou não responder a carta? Leio o endereço do remetente: Rua Lauro Muller, 116, bairro Botafogo, Rio de Janeiro. Não sei por que ainda olho o envelope. A esta altura, já sei todo o texto de cor. Nas primeiras semanas teimei em buscar alguma interpretação sobre o trecho no qual ela diz que "existem coisas que você não sabe sobre mim". Porém nos últimos dias adquiri um novo passatempo: divagar sobre o endereço. Aline deve morar em uma casa, pois não há número de apartamento na descrição. Seria sua ou de algum parente? Quem sabe a creche onde trabalha? A brincadeira sempre termina quando imagino que possa ser a moradia de um marido ou namorado.

Apoio a caneta sobre o papel e me pergunto de novo o que gostaria de dizer a ela. Melhor ainda: se há algo a ser dito. A ponta da esferográfica quase fura a folha. Mais uma vez, escrevo ciao e paro. O que se responde para alguém que se despede desejando que você seja feliz?

A porta do apartamento se abre e o barulho do ranger da madeira irrompe o recinto. São onze horas da manhã e só agora meu pai retorna para casa. Nada demais. Afinal, a esta hora eu deveria estar no Giubbe Rosse. Babbo entra cambaleante, com o insistente tremor que há anos toma conta de seu corpo. A única parte do velho que parece firme é a mão que segura uma garrafa de grappa quase vazia.

Ele me olha com uma expressão estranha. Não sei se tenta sorrir ou luta contra um espasmo facial. Parece estranhar a cena: eu escrevendo. Ou ao menos tentando. Realmente não é uma visão comum. Mesmo assim, meu companheiro de habitação parece perder o interesse na situação, seguindo em direção à sua cama e sentando-se placidamente sobre o colchão. Antes de deitar ele ainda me olha mais uma vez. E, quase num gemido, declama o texto de minha carta: ciao.

Respondo o cumprimento no mesmo tom. Em poucos segundos o velho já está dormindo e meus olhos se voltam à penúltima folha disponível. O que responder a alguém que lhe diz "Você não vai entender estas palavras, mas espero que as aceite"? Me faço a pergunta diante do solitário ciao no topo do papel. Na língua italiana, ciao é olá e adeus. Na portuguesa, apenas adeus. Como a carta de Aline. Ela disse que foi difícil escrevê-la. Isso porque não sabe como é ser o destinatário.

Amasso as duas folhas restantes e miro o lixo.

MAGDA E MAGDA, DUAS POLONESAS. Na verdade, uma se chama Magdalena. A outra, apenas Magda. Mas Nicola faz questão de chamá-las pelo mesmo nome para fazer graça. Ou porque simplesmente não se importe em saber qual é qual. Uma é alta, cabelos curtos e ruivos. A outra, pequenina, de longo cabelo escuro. Ambas sorridentes e aparentemente imunes à vodka. Segurando uma interminável taça de vinho tinto, observo os incontáveis brindes.

— Salute — diz Frank.

— Na zdrowie — gritam elas.

Sentados nas escadas da Basílica di Santa Croce nesta fria noite de março, as polacas e eu assistimos ao show particular de meu amigo. As mesmas piadas e galanteios que sempre carreguei na ponta da língua. Porém desde o início do ano minhas atuações têm sido cada vez mais pálidas. Nicola, por conta disso, tem se desdobrado. Agora, além de convencer as turistas a sair conosco, precisa me convencer também. Mas sua insistência tem outro motivo além de amizade: sagaz, o filho de mamma Nicoletta percebeu que minha tristeza é sedutora para algumas mulheres. Atualmente, se saímos com duas ou mais garotas, ao menos uma sempre acaba se interessando por mim, por mais sombrio que seja meu comportamento. As explicações são as mais diversas. Mas não vem ao caso. O que importa é que funciona.

Esta noite minha depressão parece ter seduzido a pequena Magda. Enquanto a ruiva baila com meu amigo ao som de um acordeom distante em meio à Piazza Santa Croce, a morena se aproxima de mim. Sem sucesso, tento me desvencilhar de qualquer pensamento que a palavra "morena" venha a despertar. La ragazza me olha com curiosidade.

— She must be a great girl to make you sad like this.

Seu inglês é pior que o meu, mas o olhar interessado compensa o sotaque. Ao dizer que "ela deve ser uma grande garota para me deixar triste assim", a polaca cai na rede. Parece querer saber o que busco no reflexo da taça de vinho que seguro diante do rosto. Sem tirar os olhos da bebida, respondo que não vale a pena perder tempo com as confissões de um coração partido. A resposta é exageradamente piegas, mas o decote de Magda também é acintoso. Ela larga a vodka e, passando a mão no próprio cabelo, pergunta onde está a causadora de tamanha tristeza.

— Brazil — respondo, lacônico. Digo a verdade e a polonesa se surpreende. O Brasil adiciona um tempero exótico a qualquer história. Ela pergunta o nome.

— Bruna — respondo, olhando dramaticamente para o nada. Uma meia-verdade. Titubeante, la ragazza pergunta o que houve com Bruna. Ao que, após misterioso silêncio, sussurro:

— È morta — em italiano, minto. Pelo menos eu acho.

Compungida, ela pede desculpas e pousa a mão em minha coxa. Então prossigo: digo que soube da morte através de uma carta. Conto que segurei a mensagem como se fosse seu corpo sem vida. A esta altura já nem sei mais o que é mentira. Então a pequena Magda, antes risonha, torna-se tão melancólica quanto eu. Já não ouvimos mais Nicola nem sua amiga, que dançam a poucos metros de nós. É como se estivéssemos sós, sob o olhar da estátua de Dante que orna a fachada da basílica.

A polaca encosta a cabeça em mim, enternecida. Estou quase lá. Com um movimento delicado, toco seu queixo e viro seu rosto para mim. Ela sorri. Então aproximo meus lábios dos dela, fechando os olhos. Ao que ela apenas afasta o rosto, encostando a cabeça em meu ombro novamente. Um silêncio constrangedor toma conta dos degraus. Até que, mudando de assunto, a ragazza pergunta sobre a estátua que nos vigia. Resignado, conto sobre o autor d'*A divina comédia*. O homem que durante a vida inteira amou uma mulher que jamais foi sua. Às vezes, as mulheres só querem conversar.

Olho para Nicola e o vejo rodopiando com a incansável ruiva, que se deixa levar pela cintura em plena piazza. Finalmente, em meio a um passo de dança mais ousado, Frank tenta beijá-la. Seu bote é mais firme que o meu, mas o resultado é tão pífio quanto. A Magda alta apenas ri, escapando com um elegante giro de corpo. Às vezes, elas só querem dançar.

MAIO TRAZ O AUGE DA PRIMAVERA e o Cascine floresce a olhos vistos. Os dias voltam a ser longos, com o sol se pondo cada vez mais tarde. Para a maioria das pessoas é o início da contagem regressiva para o verão. Já para mim esta época significa apenas mais trabalho. Se antes antevia as gorjetas e todo tipo de ragazza que o calor traria, hoje me canso só por antecipar os sorrisos forçados e os estrangeiros desinteressantes que terei de atrair ao Giubbe Rosse.

Mas não posso reclamar desta tarde. O movimento é baixo e a Piazza della Reppublica é toda minha. O dia nublado me sorri e o ócio me satisfaz. Talvez esteja de bom humor. Prato do dia: Risoto ai Funghi e Asparagi. Em outros tempos talvez até me atrevesse a sorrateiramente ralar um pouco de queijo taleggio sobre a enorme panela de onde os assistentes tiram o risoto para montar os pratos. Apenas para deixar a mistura mais cremosa e ver se alguém percebia. Mas isso era no tempo em que eu me importava.

Pela primeira vez sinto meu emprego por um fio. Com vinte e sete anos completados, talvez esteja ficando velho para a função de marpione di ristorante. Se antes compensava minhas escapadas e atrasos com mesas cheias de turistas, hoje apenas passo os dias a fumar e roubar vinhos da adega. Cada cruzada de olhar com Duccio parece a última. Em meu íntimo escondo um plano: me mudar para uma dessas fazendas que produzem vinho e azeite e viver colhendo uvas e azeitonas pela Toscana. Trabalho braçal, uma vida simples. Porém se morasse em uma vinícola provavelmente acabaria morto, afogado em um barril de vinho. Pensando bem, que bela maneira de morrer.

A noite cai e meus cigarros terminam. Penso em ir à cozinha fazer um café, mas uma estranha movimentação dentro do ristorante me faz desistir da ideia. Ouço um burburinho e percebo três homens de barbas tão sujas quanto o palavreado fazendo baderna. Todos ao redor parecem incomodados com o comportamento deles. Olho para seus rostos sardentos e cheios de vincos e acho graça do modo como se saúdam batendo as canecas de cerveja. A cada brinde derrubam metade do líquido na mesa e em si próprios. Totalmente embriagados, gritam em um francês de sotaque estranho. Belgas, sem dúvida. Ocupados em incomodar duas garotas da mesa ao lado. Quando um deles se estica e coloca a mão sobre a coxa de uma delas, ambas se levantam e partem tão apavoradas quanto furiosas. Simplesmente vão embora, sem terminar os pedidos ou pagar por qualquer coisa, sob gargalhadas dos três homens infernais. Dou de ombros e viro as costas à cena. Com o olhar voltado à piazza, observo o topo do Duomo. Isso sempre me relaxa. Parece mesmo um bolo.

De repente, me assusto com um forte barulho de metal batendo no chão, seguido por vidro quebrando. Olho novamente para o interior do Giubbe Rosse. Em meio à reprovação das outras mesas e risos dos três bagunceiros, vejo Giuseppe caído. Diante dele, sua bandeja e cacos de pratos espalhados por todo o piso. Concluo que um dos barbudos derrubou o garçom, provavelmente com uma rasteira, talvez com um empurrão. Observo o velho cabisbaixo, erguendo-se aos poucos, e não encontro dor em sua expressão. Apenas profunda vergonha e impotência.

Sinto um inesperado calor dilatar minhas veias. Quando percebo, estou caminhando por entre as mesas, ristorante adentro. Minha visão se torna turva e assim que passo pelo velho caído sinto sua mão tentando me segurar pela barra da calça. Em vão. Os responsáveis pela covardia parecem alheios à minha chegada. Assim, quando nem mesmo eu espero, atinjo um deles com o soco mais forte que já desferi em toda minha vida. Acerto em cheio o rosto do que teria derrubado Giuseppe e o homem vai parar no mesmo lugar para onde mandou meu colega.

Então, como naquele momento no cinema em que o filme está para começar, tudo escurece.

Um delicioso odor invade minhas narinas. Não sei se estou acordado ou sonhando. Na dúvida mantenho os olhos fechados, colocando os outros sentidos para trabalhar. Alho refogado no azeite. Logo percebo três coisas. A primeira é que realmente estou acordado. A segunda é que tenho fome. A terceira é que tudo dói.

Abro os olhos com dificuldade. A visão embaçada demora a focar. Estou em minha cama, em San Iacopino, coberto por uma grossa manta de lã. Diria que é noite, mas fico na dúvida. Difícil saber que horas são quando não se sabe nem que dia é. Percebo que além de fome e dor sinto frio. Pelo mal-estar e testa suada sob uma faixa de algodão, concluo que tenho febre. Num esforço ergo a cabeça para ver a cozinha. Neste momento volto a me questionar se estou acordado. Como em um estranho sonho, vejo meu pai preparando bruschettas.

Pergunto o que houve. Babbo parece estranhar a pergunta. Segundo ele, me envolvi em uma briga. Pergunto então como fui parar em casa. O velho diz que Duccio e um colega me carregaram até aqui. Suas respostas são sempre lacônicas e curtas. Questiono há quanto tempo estou dormindo. Um dia inteiro, ele murmura. E complementa afirmando que tive febre alta. Que chamei por mamma. E por Aline. Então ficamos sem dizer nada por longos minutos. Tento contar meus dentes com a ponta da língua. Aliviado, constato que não falta nenhum. Tudo lateja. Não consigo lembrar de nada após ter socado o homem que derrubou Giuseppe. Mas a partir das bandagens e pontos doloridos pelo corpo, imagino que recebi golpes vindos de todos os lados. Me pergunto se consigo levantar e eu mesmo respondo: para quê?

Meu pai se aproxima da cama, movendo a mesa de cabeceira para mais próximo do colchão. Reparo que sobre o móvel há uma garrafa de Brunello de Montalcino, com um bilhete anexado. Ao lado do vinho, Gennaro deposita um pequeno cesto cheio de bruschettas fumegantes. Com dificuldade me apoio em meus braços e me sento. O velho ajeita o travesseiro atrás de mim e volta ao fogão. Levo a primeira bruschetta à boca e tenho a sensação de entrar em um túnel do tempo. É como se minhas papilas gustativas estivessem amortecidas e subitamente despertassem todas de uma vez. Tudo graças à mistura do alho, tomate, queijo, gordura animal e azeite de oliva sobre a textura crocante do pão aquecido. Apesar das dores que me afligem dos pés à cabeça, neste momento todos os meus sentidos se voltam à língua.

Satisfeito, olho para o vinho ao meu lado. Não tenho forças para bebê-lo, mas fico feliz com a simples presença dele. Pego o bilhete encostado na garrafa e o leio. Apenas uma frase curta, em letra quase ilegível: "Grazie mille, Antonello". Logo abaixo, a assinatura de Giuseppe. Fico com o papel na mão por um tempo, lendo e relendo as três palavras, com um dolorido sorriso de estupor no rosto. "Muito obrigado". Aí está algo que jamais pensei que ouviria do velho garçom.

Então sinto uma mão trêmula pousar carinhosamente em meu ombro. É meu pai, que retorna com um fumegante prato fundo. Tomo-o em minhas mãos e não acredito no que vejo. É sua lendária ribollita. Atônito, afundo a colher dentro da sopa pastosa e colho uma generosa porção. O perfume das bruschettas e do prato diante de mim são um bálsamo. Fecho os olhos e levo a colherada à boca, quase me queimando de tão ansioso por experimentar. Imediatamente constato que o velho Gennaro não perdeu o jeito. Então olho para ele. E pela primeira vez desde a morte de mamma revejo aquele homem que me pegava no colo quando eu era bambino.

O caldeirão de ferro escuro sobre o fogão exala uma sinuosa fumaça branca que toma conta do pequeno apartamento. Sorrio de boca cheia, limpando os lábios com a colher. Com o calor da ribollita aquecendo lentamente meu corpo por dentro, faço minhas as palavras de Giuseppe.

— Grazie mille, babbo.

— CIAO, TONI! Ciao, signor Bianchi! Una buona serata a voi!

Nicola sai porta afora e um alívio percorre o apartamento. Tanto eu quanto meu pai tivemos nossas forças drenadas pelo excesso de animação de Frank. Apesar disso e de saber que meu amigo nunca foi um contador de histórias confiável, foi bom finalmente ouvir uma descrição do que ocorreu durante a briga. Como imaginei, assim que derrubei um dos homens, os outros partiram para cima de mim. O que se seguiu foi uma confusão generalizada, com comida e cadeiras voando pelos ares. Ao que parece, os três baderneiros vindos do Marrocos foram presos e logo soltos. Foi combinado que não se prestaria queixa desde que partissem de Firenze, não sem antes pagar pelo estrago e por meus dias parado. Caso encerrado, simples assim. E eu que lamba minhas feridas e volte a trabalhar logo.

Alguém bate à porta e babbo caminha com lerdeza até a entrada. Nunca recebemos tantas visitas. Quem surge agora é Duccio. Sorrio e saúdo meu patrão, enquanto meu pai parece constrangido pela presença do velho amigo. O mesmo constrangimento demonstrado quando da visita do signor Camerino, poucas horas atrás. Il chef dá boa tarde com entusiasmo, mas Gennaro apenas aperta sua mão com frouxidão e diz que nos deixará a sós. Por mais que insistamos para que permaneça, ele sai porta afora. A desculpa é a mesma utilizada durante a visita de Camerino: ir ao mercado comprar "coisas". Pelo visto, a incapacidade de pensar em boas desculpas é congênita.

Il maestro del Giubbe Rosse se aproxima de meu leito. Mas no caminho vislumbra uma solitária bruschetta sobre a mesa. Pergunta se meu pai a preparou e consinto com um meneio de cabeça. Ele sorri, encantado com o pedaço de pão já frio. Digo para ir em frente. Duccio então toma o pane em mãos e dá uma mordida. Observo com curiosidade seu prazer. Uma única bruschetta, saboreada com extrema deferência e estima.

Duccio senta ao meu lado e me olha com afeto. Comenta que é bom rever Gennaro após tanto tempo, apesar da circunstância. O velho parece sincero. Jamais duvidei de seu apreço por meu pai. Porém não é sobre babbo que Duccio quer conversar.

— Toni, Nicola mi ha raccontato della brasiliana.

Ao contrário de todos os sermões anteriores, desta vez ele parece preparado. Il chef discorre sobre meu comportamento nos últimos meses com brutal franqueza. Desaprova meu desleixo, me chama de desperdício. Fico impressionado com sua desenvoltura. Já eu, como todas as outras vezes em que estive nessa situação diante dele, me mostro sem inspiração para o debate.

Então chega o momento que sempre soube que um dia chegaria: a demissão. Arregalo os olhos, espantado. Afinal não é nada delicado dispensar um funcionário convalescente. Duccio tripudia: diz que existem centenas de jovens mais bonitos e animados para ocupar minha vaga. Penso em me mostrar ofendido, mas ele me livra do constrangimento me dando prontamente duas opções. A primeira é aceitar uma vaga como seu assistente na cozinha até o final do ano para então partir a Roma e iniciar um curso de culinária sob sua indicação. Com sarcasmo, pergunto qual é a segunda alternativa. Ao que o velho sorri. E após um paternal tapa em minha bochecha menos inchada, responde.

— Viaggiare al Brasile. Ho un'amico che ha un ristorante a Rio de Janeiro. Pensaci bene, caro.

Confuso, sigo sem palavras. Então Duccio se levanta e parte, triunfante diante de meu semblante embasbacado. Imediatamente após sua saída, a porta se abre de novo. É meu pai, retornando de mãos vazias. Não comprou coisa nenhuma.

— Ciao, George Best!

Um bambino abraçado em uma bola de futebol atende ao meu chamado. Sua camiseta vermelha do Manchester United brilha ao sol escaldante da Piazza della Reppublica. Bato duas vezes com a mão sobre meu peito, sorrindo para ele. O menino retribui chutando a bola em minha direção. Nunca falha: para chamar a atenção de um desconhecido que veste uma camisa de futebol, basta chamá-lo pelo nome de um jogador de seu time de coração. Atrair homens também faz parte do meu trabalho.

Domino a bola com alguma dificuldade, devido aos sapatos. Desajeitado, faço a esfera quicar sobre meu pé direito, tentando não deixá-la cair. Conto cada toque na bola. Uno, due, tre, quattro, cinque... até ela sair de meu controle e fugir piazza afora. Muito pouco para jogar na Fiorentina, mas suficiente para atrair o resto da família do pequeno inglês. Quando adentram o ristorante, ainda faço um gracejo: afirmo que a Inglaterra será campeã da Copa do Mundo do ano que vem. O pai sorri, satisfeito, sem saber que minto. Por mais que o mundial de 1966 vá acontecer na terra da rainha, é certo que os donos da casa não vencerão.

Duccio sorri diante de minha disposição nesta tarde. E não teme quando Nicola passa de bicicleta, abanando sua boina. Enquanto meu amigo ruma para alguma aventura, já não tenta mais me levar junto. Assim como meus colegas de ristorante, Frank já percebeu a mudança. De modo geral todos me respeitam mais nos últimos tempos. Os grunhidos de Giuseppe se transformaram em um contido buongiorno todas as manhãs. E minha nova postura tem rendido ótimas gorjetas.

O dia vai passando e o movimento no Giubbe mantém meu corpo e mente ocupados. Quanto mais trabalho, melhor. Quando a noite chega, o calor de agosto e o movimento na piazza se tornam mais brandos. Um músico toca violão perto do ristorante e um clima de romantismo toma conta de todos. A impressão que tenho é de que esta noite apenas casais apareceram para jantar. Fico sentado em meu posto observando o cenário por longos minutos, acariciando uma nota de dez dólares no bolso da calça. Generosa gorjeta de uma cliente feliz pelos elogios que teci ao seu perfume, horrivelmente doce.

— Antonello, signor Duccio ti chiama nella cucina.

Sorrio para Giuseppe, que traz o chamado do chef com polidez. Não que hoje em dia o velho seja meu amigo, do tipo que convida para jantar em sua casa. Porém já é um avanço não ser mais convidado a ir à merda.

— Ha chiamato, signore?

— Si, caro... accomodati.

Puxo uma cadeira e me sento diante de Duccio. Ele pede para algum dos assistentes cuidar do preparo de uma pasta e se acomoda diante de mim.

— Toni... sai già cosa fare l'anno prossimo?

Il chef pergunta se sei o que farei no próximo ano, já que acaba de receber uma resposta positiva do curso de culinária em Roma. Com sua indicação, eu ganharia um generoso desconto na matrícula e poderia iniciar meu aprendizado já na primeira turma do ano que vem. Sorrio, mas permaneço em silêncio. Pergunto se é tudo. O velho balança a cabeça para os lados, sorrindo. Sim, há também aquele amigo com um ristorante no Rio de Janeiro. Diz que ele poderia me ajudar, talvez me aproveitar como aprendiz. Basta o envio de uma carta avisando de minha chegada. Era o que eu queria ouvir. Então agradeço e me levanto. Ainda há trabalho na piazza. Porém antes que eu saia porta afora, Duccio me interrompe, encostando seu rolo de macarrão em meu peito.

— Questa brasiliana deve essere davvero speciale per ridurti così...

Como ele, também sorrio. Não é a primeira vez que alguém afirma que Aline deve ser uma grande garota para ter me deixado assim.

— COMPLIMENTI, BABBO. Stupendo.

O pesto al basilico é realmente digno de cumprimentos. Recentemente retomamos o hábito de cozinhar um para o outro. Porém ainda são poucas as vezes em que fazemos uma refeição juntos. Nossos diálogos se tornaram menos monossilábicos, mas continuam não passando de uma vaga pergunta sobre como foi o dia ou elogios ao que se está comendo.

Já com Duccio é diferente: longas e elaboradas conversas. Não apenas sobre minha decisão para o ano que vem, mas também sobre babbo. Velhas histórias, ladainhas dos bons tempos. Antigamente eram como rivais e irmãos: Duccio com la bisteca, Gennaro com la ribollita. Inseparáveis tanto no trabalho quanto na vida pessoal. As esposas se divertiam com os chefs cozinhando para elas nos jantares em que os casais se reuniam. Tenho vagas lembranças disso. Até que mamma morreu. Então meu patrão tentou se reaproximar do amigo diversas vezes, sendo sempre repelido ou ignorado. Após se aposentar, babbo se fechou em seu mundo. Até hoje, nas poucas vezes que os ex-companheiros se cruzam, meu pai treme. Se bem que ele sempre treme.

Observo Gennaro beber um último gole de grappa. Ele olha para o fundo do pequeno copo de vidro como se houvesse algo sobrenatural lá dentro. Gostaria de saber o que ele pensa.

— Babbo, possiamo parlare?

— Hm?

— Babbo... vado via da Firenze. Parto prima che sia anno nuovo.

Ele não reage. Seu único filho diz que vai embora pouco antes do fim do ano e o velho nada diz. Teimoso, prossigo. Conto que tentarei a vida longe de Firenze, que Duccio me ajudou a conseguir um novo trabalho, que há meses junto dinheiro para isso. E nada. Falo que não quero mais ser recepcionista de ristorante, que quero trabalhar na cozinha, quem sabe me tornar chef. Meu pai apenas se serve de mais grappa. Então simplesmente pergunto se ele ficará bem. Ao que, após um longo suspiro, finalmente obtenho uma resposta:

— Si, figlio. Non ti preoccupare.

Pelo visto, temos um trato: não me preocupo com ele, ele não se preocupa comigo. Nada muito diferente do que vivemos nos últimos doze anos. De um gole só, o velho vira sua bebida goela abaixo e começa a mancar em direção à sua cama. Ele se deita de costas para mim, cobrindo-se com uma manta puída, virado para a parede gelada. Dou de ombros e volto a comer. Mas o barulho do talher batendo no prato é subitamente interrompido por uma singela pergunta.

— Ma... dove vai? — meu pai pergunta sem se virar para mim. Não sei se por um resquício de educação para com uma pessoa que fala consigo ou por sincero interesse.

— In Brasile.

Olho para o corpo deitado de costas para mim, curioso por ouvir qualquer reação. Mas, após breve silêncio, a familiar sinfonia de roncos assume a trilha sonora da noite. Mais uma vez, só me resta voltar a comer. Observo a pasta al pesto diante de mim e me pergunto como um homem capaz de preparar algo tão delicioso pode ter se tornado uma figura tão lúgubre. Não sei bem por que, lembro de uma piada sem graça que Duccio contou esta semana, no momento em que me passou o endereço do amigo que me receberá no Rio de Janeiro: "Cuidado com as brasileiras. Ouvi dizer que o Brasil é cheio delas".

FALTANDO POUCOS MINUTOS para a partida do trem que me levará a Genova, decido conferir a mala mais uma vez. Aparentemente, carrego tudo que preciso. Além de roupas e alguns poucos objetos pessoais, vários vidros de molhos preparados por mamma Nicoletta, a única pessoa que chorou minha partida. Fecho a bagagem enquanto as portas dos vagões se abrem e o sol surge tímido por entre as nuvens nesta manhã de dezembro. Esfrego as mãos enluvadas e me encolho dentro do sobretudo. Tento ler a temperatura em um termômetro na banca de jornais, mas a neblina atrapalha. Imagino que o líquido vermelho marque poucos graus. Muito poucos.

Mentalmente refaço as contas e agradeço ao signor Camerino pelo patrocínio na compra da passagem. Com toda a economia que fiz, levo ao Brasil quase quinhentas mil liras, o que significa algo próximo de mil dólares. Com isso imagino que possa sobreviver por até três meses e ainda comprar a passagem de retorno. Tempo e dinheiro mais que suficientes para encontrar Aline e voltar. Só agora me pergunto: qual será a moeda do Brasil? Sorrio pensando no desatino dessa viagem e lembro de minha despedida do Giubbe Rosse no dia de ontem. Bolo, espumante e cumprimentos. Era como se eu fosse um daqueles doentes terminais, que por estarem morrendo adquirem caráter.

O barulho estridente do apito da locomotiva interrompe

meus pensamentos. Corro os olhos pela estação, enquanto os demais passageiros passam como vultos. Tento enxergar a rua através do vão da saída, na esperança de ver o topo do Duomo se insinuando sobre os prédios de Firenze. Mas não consigo. Com um suspiro libero uma espessa fumaça branca no ar. Sinto saudosismo antes mesmo de partir.

Ergo minha pesada mala e começo a caminhada rumo a um dos vagões da segunda classe, certamente mais confortável que o navio cargueiro no qual embarcarei em Genova. Os vapores expelidos pelos trens se confundem com a névoa da manhã e a sensação que se tem é de que todos os presentes na Stazione Santa Maria Novella ainda não despertaram. Tudo parece um estranho sonho. Ainda mais quando escuto uma voz familiar.

— Toni.

— Babbo?

Meu pai me encara com um sorriso que ocupa apenas metade do seu rosto. Titubeante como sempre, ele se aproxima. Sóbrio, barba feita, de sobretudo e chapéu, o homem parece uma miragem. Babbo olha para o trem, aflito. Talvez com medo de me fazer perdê-lo.

— Prendi, figlio.

— Che cosa è questa?

— È per te.

O velho me alcança um envelope pardo. Pergunto o que é e ele responde apenas que é para mim. Típico diálogo nosso. Abro o invólucro e levo um susto: é dinheiro. Ele percebe meu espanto e, sem tirar os olhos do trem que apita sem parar, afirma que são novecentas e oitenta e seis mil liras. Ou, segundo rápido cálculo, quase dois mil dólares. Entre o pasmo e o incrédulo, pergunto de onde saiu tanto dinheiro. Ao que babbo responde trivialmente que foi tudo o que conseguiu ao colocar as joias de mamma no penhor.

O fiscal de plataforma grita comigo, último passageiro ainda por embarcar. Enfio a mão dentro do envelope e peço a meu pai que fique com metade do valor. Ao que o velho responde sorrindo com o outro lado do rosto e dando um passo para trás. O apito do embarque soa uma última vez e Gennaro, com uma convicção que há anos não sentia em sua voz, apenas repete:

— È per te.

— Aspetta!

Grito para o fiscal e faço um aceno exasperado. Imploro um instante. O homem me olha feio, mas consente. Então dou um passo à frente e tomo mio vecchio babbo nos braços. Por um momento ele não treme. Lentamente seus braços retribuem meu abraço. Ficamos assim pelo instante mais longo que a paciência de um maquinista pode suportar. Com o barulho das engrenagens e o movimento do trem iniciando, ainda encontro tempo para dar um beijo na testa do velho e fazer um pedido.

— Quando io ritornare, fai quella tua ribollita per me, babbo. La migliore ribollita del mondo!

Mal vejo sua reação. A grande máquina começa a ganhar velocidade e salto para dentro dela. Ao embarcar me seguro com metade do corpo para fora e olho para a plataforma. Lá está meu pai, parado no lugar em que o deixei. Abano com entusiasmo, como se o calor que impulsiona o trem tomasse conta de mim. Ele acena de volta com timidez. Tenho a impressão de que ainda sorri. Pouco a pouco sua frágil figura vai se tornando apenas uma pincelada na stazione pintada em vários tons de despedida. Então, com parte do corpo ainda pendurado para fora do veículo, contemplo Firenze enquanto a cidade se distancia. E finalmente consigo ver a cúpula do Duomo.

1966

Quando meus braços começam a formigar, me pergunto há quanto tempo estou nesta incômoda posição. Apoiado neles, sentado na areia, sequer imagino que horas sejam. O sol ainda não dá nenhum sinal de que vá surgir e bocejo diante do mar. Tento não fechar os olhos. Temo que, se o fizer, acabarei dormindo em plena praia de Copacabana.

Vestindo camisa branca e calça jeans dobrada na altura dos joelhos, sinto uma brisa de verão acariciar meu corpo. Penso em como tenho sorte por escapar do inverno no hemisfério norte. A primeira madrugada de 1966 tem temperatura agradável e um quê de otimismo no ar. Algumas dúzias de pessoas compartilham deste momento em grupos espalhados pelas areias. Uns cantam, alguns dançam e outros batucam. E há quem faça tudo isso ao mesmo tempo. Iluminados pelas luzes dos prédios da Avenida Atlântica, os brasileiros fazem estranhos rituais diante das águas.

Me viro para o lado e vejo quatro garrafas de cerveja junto a mim. Apenas uma não está vazia. Prontamente resolvo a situação com um longo gole. Me questiono se seria seguro dormir aqui, ao relento, em pleno ano novo, neste país desconhecido. Relembro minha trajetória desde quinta-feira: uma longa jornada do Porto de Santos até o Rio de Janeiro. E absolvo meu corpo por não demonstrar motivação para levantar e retornar ao ristorante del signor Mario. Após quase duas semanas de viagem de navio e uma sacolejante jornada de dez horas de ônibus, minha sensação ao chegar ao Estado da Guanabara foi de exaustão.

Carregando minha mala, logo tratei de encontrar o tal amigo do signor Duccio. Assim que cheguei ao endereço descrito, percebi que as coisas seriam bem diferentes por aqui. O local indicado é um pequeno estabelecimento chamado Locanda del Mario. Locanda é a denominação que se dava às antigas estalagens em tempos medievais. Hoje é uma nomenclatura usada por restaurantes refinados na Itália. Porém o que temos nesse caso é um estranho bar com comida italiana misturada a petiscos brasileiros, capitaneado por um italiano sem qualquer apego às boas normas de administração. Mario Prandelli mal fala português, mas parece não se constranger com isso. Apesar da cidade estar movimentadíssima graças ao fim de ano, seu ristorante estava às moscas quando cheguei. Apenas uma mesa ocupada. Sendo que um dos ocupantes era o próprio Mario, a se ofender porque os demais não aceitavam uma dose de grappa. "Ma é por conta della casa!", gritava, em seu enrolado misto de português com italiano.

Ao me ver, o velho chef me recepcionou com um caloroso abraço. "Antonello! Como vai quello maledetto do Duccio? Entri! Entri!", foi logo dizendo, me empurrando cozinha adentro. Era em torno de nove da noite quando encontrei o lugar no bairro das Laranjeiras. Meu novo patrão me instalou em um pequeno quarto nos fundos, onde ele mesmo mora com a mulata Pati, uma das cozinheiras. Além dela, compõem a equipe o garçom Luiz e a assistente de cozinha Carolina. Após me apresentar a todos, signor Prandelli imediatamente me mandou vestir uma camisa branca e vir a Copacabana receber as boas-vindas do mar.

Um som vindo de um grupo a caminhar pelo calçadão me desperta. Um canto animado, acompanhado de som de corda e percussão. Deve ser o tal do samba, a disputar espaço com o batuque que vem da beira da praia. Sozinho na areia, sentado entre os dois tipos de música, recordo a resposta dada por Mario quando perguntei se começaria a trabalhar esta noite: "Amanhã vediamo questo. Oggi é la última notte dell'anno, Dio Santo. Relaxe!". Tento seguir seu conselho desde então, mas é difícil. Toda pessoa que passa chama minha atenção. Cada morena é uma esperança.

Enfim me levanto. Sob a lua, me espreguiço longamente. Uma ragazza negra de vasta cabeleira passa perto de mim. Fico fascinado com o exemplar raro em minha terra. Já ela apenas desfila em direção ao mar, alheia ao meu interesse. De vestido branco e cabelos crespos esvoaçantes, carrega flores em uma pequena barca pintada de azul. Sigo seus quadris com os olhos e, quando me dou conta, minhas pernas também o fazem. La donna para junto a um grupo de negros tão retintos quanto ela, todos a cantar e depositar outras barcas com comidas, velas e flores no oceano. Ela entra alguns passos mar adentro, suas coxas firmes como rochas sendo lambidas pelas ondas. E então larga sua pequena embarcação sobre as águas. Tiro as sandálias e me aproximo, me molhando até os joelhos. Só então la ragazza percebe minha presença, sorrindo com os dentes mais brancos que já vi na vida.

— Não é proibido jogar coisas no mar?

— Gringo, é?

— É tão fácil perceber que não sou daqui?

— O sotaque entrega. E não são coisas, são oferendas para Iemanjá. Quer uma flor? Tome, pegue uma. Faça um pedido e a ofereça à Rainha do Mar.

Engraçado. Nunca soube que Netuno era casado. Em todo caso, faço o pedido.

Acordo por volta das onze da manhã com uma barulheira familiar. Do quarto dos fundos se ouve tudo o que acontece na cozinha. Visto uma roupa decente e timidamente me ofereço para ajudar. Mario me recebe com um "Buongiorno" que ecoa por toda a casa. O velho italiano pergunta como foi minha noite, ao mesmo tempo em que dá um tapa na bunda de Pati, sua mulher e braço direito. Antes mesmo que eu responda, signor Prandelli lança um avental em minha direção e, mudando o assunto que sequer começou, pergunta qual minha especialidade.

— Não sei, signore... não sou especialista em nada nesta vida.

Tentando fazer graça, dou uma resposta deprimente. Mesmo assim, o chef sorri para mim.

— Duccio me enviou una carta dicendo tutto.

— Tutto?

Mario não responde. Apenas pisca para mim e prossegue.

— Ele disse que você tem talento, mas está cru. Vou deixar você al punto! Todo cozinheiro precisa de una formazione geral. Ma também una especializzazione. Como um médico: antes de aprender a fazer cirurgias, é preciso saber fazer uma atadura. Duccio, per esempio, é un maestro con la bisteca. Io, con risotti. Pati aqui ao lado é una monstra na arte dos doces. E Carolina, questa brava ragazza, faz quitutes dos deuses!

Carolina não reage, mantendo seus grandes olhos voltados ao fogão, com uma seriedade que vai das unhas dos pés ao coque que prende seu cabelo. Nem parece uma garota de vinte e poucos anos. Já Pati sorri com simpatia, satisfeita com a dupla função: assistente e amante. Não sei em que condições o chef emprega seus funcionários. Só sei que todos parecem gostar muito do patrão. Pelo que Duccio contou, Mario foi seu colega de curso de gastronomia. Porém a pouca afeição às normas por parte do signor Prandelli não era bem vista pelos professores. Dessa forma, o então jovem piemontês logo partiu e caiu no mundo.

— Il comincio é una buona faca... venha. Vou lhe ensinar o corte à Julienne.

O corte mais simples da culinária. Sei bem como se faz. Mas diante da empolgação de Mario, apenas acato a ordem. Só pretendo procurar Aline após o almoço. Ao lembrar disso, sinto meu estômago tão frio quanto a lâmina da faca que seguro. Assim, diante da tábua de corte, o resto da manhã se esvai.

O primeiro almoço do ano atrai pouca clientela. Mas os que comparecem parecem ser frequentadores assíduos. Aqui nenhum cliente pede para ver o cardápio. Il chef senta um pouco em cada mesa, perguntando o que o freguês quer comer. O que nem sempre coincide com o que ele quer cozinhar.

— Oggi non é um bom dia para frango, amico. Que tal una truta recheada?

— Pois é, mas prefiro frango, e...

— Luiz, carissimo! Una truta recheada para o amico aqui.

Observo Luiz se desdobrar atendendo aos gritos do patrão. Apesar das poucas mesas ocupadas, o jovem garçom está sempre levando seu bigode ralo para lá e para cá. Como Mario resolveu dar atenção aos clientes, preferi não atrapalhar o trabalho das mulheres na cozinha. Estranho... me sinto mal por ser inútil. Não que no Giubbe Rosse eu fosse muito útil. Só não me sentia mal.

Pego no bolso a carta de Aline e me concentro no real motivo da viagem. Releio o endereço: Rua Lauro Muller, 116, Botafogo. Segundo o mapa do catálogo telefônico, não fica longe. Pelo meio da tarde, no período entre os turnos, vou até lá. Guardo o envelope e, sentindo uma estranha mistura de tédio com ansiedade, vou à rua. Na fachada me escoro e fumo um cigarro, correndo os olhos pelo bairro. É quando vejo duas garotas conversando diante de um prédio, despreocupadas. Olho para o relógio e me pergunto se já teriam almoçado.

Sorrio, passo a mão no cabelo e caminho em direção a elas. Um pouco de trabalho nunca matou ninguém.

A BUSCA FOI MAIS SIMPLES do que imaginei. A Rua Lauro Muller fica entre os bairros das Laranjeiras e Botafogo. Confiro o envelope e paro diante do local demarcado pelo número 116. Trata-se de um enorme casarão cercado por um muro branco, que mais parece uma casa de campo do que uma moradia urbana. Uma visão surreal. Do lado de cá, a cidade e as linhas do bonde. Dentro do terreno, uma paisagem campestre. Ao que parece, no Rio é assim: nunca se sabe o que se vai encontrar ao dobrar uma esquina. Se um luxuoso edifício, uma vila, uma montanha ou até, com sorte, uma das praias.

Respiro fundo e me encaminho ao pórtico que serve de entrada ao lugar. *Pensão Santa Terezinha*, diz uma placa. Adentro o gramado e cruzo o jardim rumo à recepção. A cada passo meu coração bate mais intensamente. Nem devagar, nem rápido, apenas mais forte. Ao redor, jovens confraternizando, na faixa dos vinte e um, vinte e dois anos. Ninguém me percebe nesta tarde de sol. Talvez porque até agora nenhuma das pessoas com quem cruzei seja ela.

O casarão é cercado de sacadas em forma de corredores, com muitas janelas. Cruzo a porta principal e me deparo com um balcão de madeira. Atrás dele, uma mulher de cabelos oxigenados e idade indefinida fuma um charuto.

— Boa tarde... a senhora trabalha aqui?

— Jurema Romão Cavalcanti, ao seu dispor, gringo. Sou a dona.

O tom informal e ao mesmo tempo rígido me deixa confuso. E me incomodo por já ter sido identificado como estrangeiro na primeira frase.

— Senhora Cavalcanti...

— Dona Jurema.

— Como?

— Todo mundo me chama de Dona Jurema.

— Ah, sim. Dona Jurema...

— Desembuche, rapaz!

A dona da pensão se apoia no balcão e me olha, dando baforadas.

— Por favor, a senhora sabe informar se aqui mora alguma Aline?

— Sim, mora.

A pensão é muito grande. Ainda assim, Dona Jurema responde de pronto, sem checar nenhum livro ou lista de hóspedes. Sorrio, já que minha maior preocupação era o fato de sequer saber o sobrenome de minha Bruna.

— Bem... a senhora pode chamá-la?

Dona Jurema calmamente pousa seu charuto sobre um cinzeiro e atravessa o balcão. Ansioso, observo a mulher caminhar em direção à porta por onde entrei. E me contraio quando ela grita a plenos pulmões.

— Aline! Vem cá, menina! Visita pra você!

Serena, ela retorna. Olho em direção à porta e me pergunto o que fazer quando Aline surgir. Mais importante: me pergunto o que ela fará ao me ver. Essa cena já ocorreu inúmeras vezes em minha imaginação ao longo dos últimos meses. Mas não consigo lembrar do que aconteceu em nenhuma delas.

Escuto o barulho de passos rápidos subindo as escadas que levam à entrada do casarão. Passo a mão no cabelo e tento antever seu sorriso, enquanto o desenho de uma sombra adentra a varanda. Subitamente sinto como se todas minhas entranhas desaparecessem, me deixando oco. O coração volta aos batimentos normais e meus músculos relaxam. Tudo porque a ragazza diante de mim, a me olhar com curiosidade, não é la mia Bruna.

— Boa tarde... seu nome é Aline?

— Sim. E você, quem é?

— Meu nome é Antonello... desculpe, acho que houve um engano.

— Ah... tudo bem, não tem problema, gringo.

A ragazza de pernas finas, despenteados cabelos louros e queixo proeminente retorna ao jardim como se nada tivesse acontecido. Desapontado, me volto ao balcão.

— Dona Jurema... essa é a única Aline hospedada na pensão?

— É a que a casa oferece, meu camarada.

— Mas... a senhora sabe me dizer se já houve outra hóspede com esse nome por aqui? Talvez há um ano...

— Olha, meu filho... desde que estou aqui, essa foi a única que me apareceu.

— E desde quando a senhora está por aqui?

— Desde sempre.

Acho que assisti a filmes demais nesta vida. Como resolvo atravessar um oceano sem sequer saber o sobrenome dela? Ainda mais depois de ter sido dispensado com todas as letras. Aportei em um novo continente em busca de um romance e tudo que consegui foi uma aula sobre como picar a la Julienne.

Perdido em lamentos, por pouco não me corto com a faca. Finalmente a Locanda apresenta um movimento digno. É sábado à noite e a casa serve de ponto de encontro para amigos e vizinhos fiéis. São quase nove horas e a cozinha ferve. Pati faz malabarismo com as panelas, sempre de olho nas infindáveis trutas ao forno. Pelo visto houve promoção na peixaria. Por isso Mario não cansa de empurrar o peixe aos clientes, que apenas acatam, já que o prato é uma delícia.

Enquanto monto uma salada com esmero para a mesa seis, ouço o burburinho. Todos querem um pouco da atenção do chef, que se multiplica nos papéis de cozinheiro, garçom, recepcionista e caixa. Ao pensar nisso me sinto envergonhado por olhar de cinco em cinco minutos para o grande relógio da cozinha. O plano é escapar o mais cedo possível para ir ao bairro da Urca.

Luiz adentra a cozinha anunciando mais pedidos às cozinheiras e alcanço para ele minha singela salada. Apenas alface, tomates, cebola e cenoura temperados com um molho à base de anchovas, ovos e azeite de oliva. Os vegetais estão frescos e a entrada, apesar de simples, é um acompanhamento perfeito para uma cerveja gelada. Sorrio para o primeiro prato que preparo profissionalmente. O garçom o toma de minhas mãos e corre para servir. Espio pela porta da cozinha enquanto ele serve o casal que ocupa a sexta mesa. Ansioso, sorrio. Mas meu coração se parte quando o casal destrói minha pequena obra com uma viscosa borrifada de mostarda.

Uso minha primeira desilusão profissional como motivação para fugir. Olho para a página rasgada da lista telefônica da Pensão Santa Terezinha e concluo que a loira desengonçada que atendeu ao grito de Dona Jurema deve ter gostado de mim. Lembro suas palavras, quando cruzei por ela antes de partir: "Pena eu não ser a Aline que você procura... mas apareça em nossa festa esta noite. Vai todo o pessoal da pensão, mais uma turma bacana. É só levar sua birita". Mais uma chance para encontrar la mia Bruna.

Aproveito que Mario e Luiz voltam à cozinha e anuncio que preciso sair. O chef consente, pedindo apenas que eu prepare mais uma salada antes de partir. De imediato monto o segundo prato da noite e de minha carreira. Ao terminar, vejo Luiz deslizar sorrateiramente para perto de Carolina. Ainda não tive tempo de conhecê-los bem, mas pelo que pude perceber o garçom nutre uma paixão secreta pela ragazza. Tentando fazer graça, ele rouba um dos bolinhos de bacalhau preparados pela garota. Ao que ela responde com um tapa em sua mão, mandando-o dar o fora. É o que ele faz, com um sorriso bobo e achando ter agradado. O ragazzo precisa de ajuda.

Tiro o avental e tomo um rápido banho de pia. Já de camisa e jeans, peço para Pati e Carolina avisarem ao garçom que a salada está pronta. E dou boa noite, enquanto parto. A primeira responde com um sorriso. A segunda nada diz, desaprovando minha saída no auge do movimento. Cruzo por Luiz, que provavelmente vai buscar a entrada que preparei. Pergunto, por curiosidade, qual a mesa do pedido. Ele aponta a oito, onde vejo outro casal. Me antecipo ao garçom e resolvo ir até eles antes de sair. Solícito, pergunto se posso ajudá-los em algo. O cavalheiro agradece, mas reclama da demora. Cortês, peço desculpas e informo que a salada já está a caminho. E aponto para Luiz, dizendo "vejam só".

Eles veem. Então, me aproveitando da distração, escondo o recipiente de mostarda da mesa em meu bolso e vou embora.

Após longa caminhada por ruas opressivamente escuras, encontro a tal festa. Se a Pensão Santa Terezinha parece uma fazenda em meio à cidade, o casarão na Urca se ergue diante de mim com contornos de selva psicodélica. Em um vasto jardim, dezenas de pessoas se divertem sob influência de álcool, música e substâncias suspeitas. Frente a isso, as noites de Firenze na mansão dos Gamberini mais parecem simpósios de noviços.

Empunhando uma vodka barata comprada pelo caminho, desbravo o terreno. Por entre a fumaça de cigarros de todos os tipos, tento encontrar Alines. Tanto a que me convidou para a festa quanto a que me convidou a esquecê-la. A primeira esbarra comigo antes.

— Gringo! Encontrou minha xará?

— Ainda não.

— Qualquer coisa, estamos aí.

A loira magrela ri, embriagada. Abro minha vodka, bebo um gole e corro os olhos pelo jardim. Em meio à animação geral, uma ragazza de cabelos negros na altura dos ombros me encara. Esguia, num tomara que caia laranja colado ao corpo, ela fuma como uma estrela de cinema. Seu copo, ao contrário de minha garrafa, está vazio. Me aproximo e ofereço bebida.

— Não, obrigada. Prefiro uísque.

À espreita da morena de voz rouca, um pequeno rapaz surge num salto.

— Eis aqui seu uísque, minha rainha. Gelo?

— Por acaso tenho cara de mulher que bebe gelo? Ofereça para o amigo aqui... qual seu nome mesmo?

— Antonello Bianchi, ao seu dispor. Mas pode me chamar de Toni.

— Prazer. Elizabeth Maria Silva de Faria. Mas pode me chamar de Betty.

Alheios ao rapaz, nos encaramos. Mas ele não se dá por vencido.

— E eu sou Ricky. Mas vem cá, não vai soda nessa sua birita aí, Capitão? Cuidado, velhinho. A noite mal começou e daqui a pouco você vai estar chamando urubu de meu louro. Quem avisa, amigo é!

Sorrio desconcertado para o *ragazzo* de baixa estatura e cabelos melados de brilhantina. Num sussurro perto do meu ouvido, Betty explica que Ricky é assim mesmo, uma parada.

— Não acredite nela, gringo. Betty sempre faz isso, diz pros outros que... "esse Ricky é uma parada"!

A frase final, entoada com uma imitação fiel à voz rouca de Betty, faz algumas pessoas ao redor explodirem em risos. O *ragazzo* parece ser popular.

— Me diga, Ricky... você mora na Pensão Santa Terezinha?

— E quem não mora?

— Por acaso você conhece alguma Aline?

— Aline Boca-de-Caçapa! Ô, se conheço!

Sinto um frio na barriga, que logo passa quando ele aponta a loira que me convidou para a festa. Birita e caçapa: preciso renovar meu vocabulário.

— Não, não essa... outra Aline, que more ou já tenha morado na pensão.

— Eu lá tenho cara de pesquisador do censo? Mas não, nunca teve outra.

— Quem é Aline, Toni?

A voz de Betty acaricia meu ouvido, quase um ronronar. Então penso o óbvio: provavelmente Aline não queira ser encontrada. A morena com jeito de artista de tevê passa a mão em meu braço, aguardando resposta.

— Ninguém em especial.

ABRO UM GRANDE MAPA do Rio de Janeiro sobre a mesa da cozinha. Aproveito a segunda-feira, único dia em que a Locanda não abre, e tomo o espaço todo para mim. Deposito o catálogo telefônico ao lado do mapa e começo a folhear as páginas do grosso volume amarelo. Com uma caneta vermelha na mão, paro na página dos estabelecimentos cujos nomes iniciam com a letra C, de creches. Obviamente encontro centenas.

Ontem, domingo de ressaca pós-festa, fiz um levantamento das informações que tenho sobre Aline. Tudo que lembro é que ela tem cerca de vinte e quatro anos e trabalha em uma creche. Fora isso, apenas uma carta enviada de um lugar onde ninguém a conhece. Sem sobrenome, nenhuma foto. Rio de minha estupidez. Bebendo café, uso uma caneta vermelha para demarcar o endereço de cada escola e creche no mapa. Após duas horas e quatro xícaras, o mapa está coberto de marcações. Em uma previsão otimista, talvez em três meses tenha percorrido todas as creches da Guanabara. A esta altura certamente já estarei de volta a Firenze. Tentando ser prático, circulo os bairros de Botafogo, Laranjeiras, Flamengo, Jardim Botânico, Leme e Copacabana. Tudo porque esses são os bairros que circundam o local de onde partiu a carta.

Debruço a cabeça sobre meus braços e fecho os olhos. O plano é péssimo, mas é o que tenho. Se ao menos lembrasse de qualquer outro dado referente a ela... olho para o mapa cheio de pontos vermelhos e suspiro. Começarei a busca amanhã pela manhã.

Um barulho vindo da entrada da Locanda me desperta. É Luiz. Sem o uniforme, quase não o reconheço. Ele é apenas um garoto, vestindo uma camiseta de futebol de listras verticais brancas e pretas.

— Desculpe, Toni! Não quis assustá-lo.

— Tutto bene, caro... o que faz por aqui? Não é seu dia de folga?

— Vou ao estádio do Fogão. Como aqui é caminho, resolvi usar o banheiro.

— Fogão?

Luiz sorri. E como quem parece ter muito prazer no que vai dizer, declama.

— Botafogo de Futebol e Regatas. Toda segunda-feira vou a General Severiano, sede do clube. Nesta época do ano os jogadores estão de férias, mas ainda assim apareço para encontrar amigos, bater bola.

Como quem tenta angariar um novo adepto, o jovem garçom discorre sobre seu time do coração. Fala de Garrincha, Didi, Heleno de Freitas e Nilton Santos como se fossem parentes. Porém, logo a natureza fala mais alto e Luiz enfim vai ao banheiro. Já eu me volto ao mapa salpicado de vermelho. Ao passar os olhos pelo emaranhado de ruas, leio o nome do bairro que abriga a Pensão Santa Terezinha. Com a cabeça apoiada nas mãos, me concentro na palavra grifada. De repente volto ao verão de 63. E vejo Aline. Deitada ao meu lado, nua, em uma cama de hotel. Dizendo, entre outras coisas, que torcia para um tal de Botafogo.

— Ei, Luiz. Quando houver alguma partida do seu time aqui no Rio, me avise. Gostaria de ir.

Paro diante do Topo Gigio. Me pergunto se na Itália sabem das agruras que seu rato mais famoso passa no Brasil. Pintado em um muro com as feições distorcidas, acompanhado por não menos bizarras versões do Pato Donald e do Pernalonga. Junto deles, um assustador bambino negro com uma perna amputada, fumando cachimbo e trajando gorro vermelho. Todos sorrindo sob o sinistro nome do lugar: Creche Comunitária Escravos de Jó. Penso na escola anterior, chamada Atirei o Pau no Gato. E concluo que as instituições brasileiras estão mais focadas em traumatizar crianças do que em acolhê-las.

Esta é a oitava creche do dia. Sorte que minha busca não é por colégios, já que estamos em período de férias. Mas se isto é sorte, não quero nem ver o que é o tal do azar. Hoje completo uma semana de procura. Porém apesar de meu esforço e pouca assiduidade na Locanda, ainda não averiguei nem um quinto dos locais assinalados no mapa.

Entro no lugar e uma senhora negra com cerca de duzentos quilos sorri para mim. Pelas paredes, desenhos feitos pelas crianças dividem espaço com infiltrações. La signora oferece café e não me chama de gringo. Começamos bem.

— Aceito, obrigado. Sem açúcar, por favor.

— Boa ideia. Normalmente tomo com quatro colheres de açúcar, mas acho que vou pôr apenas três hoje. Quero ver se perco uns quilinhos.

— A senhora sabe informar se tem alguma Aline trabalhando aqui?

— Em primeiro lugar, senhora só lá no céu. Pode me chamar de Berenice, meu bem.

Ela me estende um copinho de plástico com café. Agradeço e bebo um gole do líquido morno com gosto de suco de sapato.

— Certo... Berenice, tem alguma Aline aqui?

Um forte estrondo nos interrompe. Berenice faz o sinal da cruz e coloca uma das mãos sobre o enorme seio esquerdo. Ainda na rua, percebi que o céu se cobria lentamente de nuvens escuras. Uma agradável chuva de verão se precipita sobre a cidade neste instante.

— Tudo bem com você?

— Sim... ainda bem que tem um moço bonito pra me fazer companhia.

A chuva se intensifica. O barulho da água caindo sobre o teto de zinco da creche torna a conversa ainda mais difícil.

— Mas então... alguma Aline?

— Olhe, querido, não sei de nenhuma Aline no momento. Mas muitas garotas já passaram por aqui... o moço me dê licença, vou conferir nos livros do depósito e lhe respondo já, já. Não saia daí, meu bem.

Me sinto mal por quase ter perdido a paciência com a prestativa senhora. Como um paquiderme ela se ergue com vagar e sai por uma porta atrás dela. Após vinte minutos ela retorna.

— Achei o livro!

— Então? Alguma Aline?

— Sinto muito, nenhuma Aline. Mas se quiser temos uma Berenice.

Não deixo de rir, apesar de mais uma visita em vão. Agradeço à rotunda senhora e me preparo para tomar um banho de chuva rumo à Locanda. Durante todo o tempo em que aguardei, o aguaceiro não deu trégua. Após virar mais um café morno goela abaixo, parto em direção à porta. Mas quando chego à saída, descubro que o que era uma rua há meia hora atrás, agora é rio com correnteza. A água já ultrapassa a altura das rodas dos carros. E concluo, levando as mãos à cintura, que esse deve ser o tal do azar.

Sentado diante da Locanda del Mario, acendo um cigarro. Aproveito a trégua da chuva para colocar o nariz na rua. Já faz quase uma semana que chove impiedosamente e poucos fregueses se atrevem a aparecer no ristorante. O que não quer dizer que não haja trabalho: durante dias, a principal função de todos foi limpar o estrago causado pela enxurrada. Apesar da lama por todos os lados, parece que as coisas aos poucos retornam ao seu estado normal. Se é que esta cidade possui um estado normal.

A pior enchente da história do Rio de Janeiro é o principal assunto nos jornais, rádios, televisões e bares. Só se fala em deslizamentos de terra, dos quase cento e cinquenta mortos e dos milhares de desabrigados. Os transportes e o sistema de saúde entraram em colapso, os racionamentos de água, luz e gás ainda são constantes. Dizem os alarmistas que até o carnaval, programado para daqui poucas semanas, está ameaçado. Isso sim, ao que parece, é tratado como tragédia. Políticos do governo militar colocam a culpa no governador da Guanabara. Não pelo caos, mas pela tempestade em si. Segundo eles o dilúvio seria uma vingança de São Sebastião pelo dia do feriado em sua homenagem, que tradicionalmente ocorre em janeiro, ter sido transferido para março por uma lei municipal. Uma ideia absurda compartilhada por boa parte da população carioca. Me pergunto se as coisas seriam diferentes na Itália. Acho que apesar dos engajados estudantes que se rebelam aqui e lá, italianos e brasileiros são dois povos de vanguarda no que se refere à estupidez política.

Desperto de minhas reflexões com o cigarro quase queimando meus dedos. Então me livro dele na rua enlameada. Imediatamente escuto um som crescente de chinelos batendo no chão, vindo de dentro da Locanda.

— Você acha que esse dilúvio aconteceu por quê? Culpa de gente porca. O povo joga porcaria no chão e isso entope os bueiros.

— Desculpe, Carolina...

— Não se desculpe. Junte seu cigarro do chão, isso sim.

A assistente de cozinha gira sobre os calcanhares e volta à cozinha. Constrangido, junto o cigarro em meio ao barro. A colega mal humorada tem razão. Por isso me levanto, decidindo ser útil. Ao entrar novamente no ristorante, encontro as cozinheiras preparando empadas, encomenda de algum evento. Pergunto se posso experimentar uma. Apenas Pati responde, consentindo. Levo um dos quitutes à boca e a massa se esfarela na língua, revelando uma densa pasta com camarões, levemente picante. Observo a mulata embalando os salgados em caixas de papelão e Carolina a mexer o espesso recheio em uma das panelas. Nenhuma delas percebe que coloco mais uma empada em cada bolso da calça. Pati sai da cozinha, levando mais uma fornada ao fusca verde de Mario. Então me aproximo de Carol e jogo o cigarro na lixeira ao lado dela.

— Pronto, signorina. Agora aceita minhas desculpas?

— Você não me deve desculpa nenhuma, Antonello.

— Ei... relaxe. Você não se diverte nunca?

Carolina larga a enorme colher de pau e se vira para mim

com apenas uma das sobrancelhas arqueadas sobre seus grandes olhos. Placidamente, ela responde minha pergunta.

— Me divirto sim. Só que não com você.

Saudade do velho Giuseppe.

No início de fevereiro, Mario descobriu uma incrível promoção de farinha de trigo. Então carregou seu fusca com quilos e quilos do produto. O chef mandou fazer uma faixa com os dizeres: *Experimente a verdadeira pizza italiana.* Assim, no improviso e sem qualquer planejamento, a Locanda tornou-se uma pizzeria. E ai do cliente que decida comer outra coisa.

O problema são os desconhecidos, que insistem em consultar o cardápio. Para sorte deles, sempre há o consolo dos quitutes de Carolina. Suas empadas e pastéis nunca estão sujeitos ao humor volátil do chef. Mas justiça seja feita: la pizza è veramente italiana. Massa artesanal, forno à lenha, molho de tomate fresco. Pati, Carolina e eu sempre acompanhamos o processo de preparação das massas. Nossa parte consiste em montar as pizzas e levá-las ao fogo. Mario escolhe apenas dois ou três sabores a serem servidos a cada dia. Obviamente os que tiverem os ingredientes mais baratos do mercado.

Assim o movimento do ristorante melhorou um pouco nos últimos dias. Ao que parece, em dois anos de funcionamento, o local nunca deu lucro. O velho é esforçado, mas sua falta de tino comercial é colossal. Todo dia falta algum produto básico na despensa e as contas sempre são pagas com atraso. Como uma pequena barca à deriva, la Locanda del Mario segue ao sabor do vento.

Hoje é sexta-feira, véspera de carnaval. Apesar do início de ano difícil, ao que parece o brasileiro tem uma rápida capacidade de recuperação. Ou de esquecimento. Por aqui a previsão para o período é de movimento baixo devido ao feriado. Agora mesmo são nove da noite e apenas duas mesas estão ocupadas. Mesmo assim Carolina segue incansável, a inventar tarefas em uma cozinha sob controle. Luiz a observa apaixonadamente, enquanto Mario e Pati cochicham. A mulata sentada em seu colo, ambos felizes e alheios à parca clientela. Sentado ao balcão, fico pensando na falta de privacidade que causo ao casal, morando no mesmo cômodo que eles.

De repente Pati se levanta e vem em nossa direção. Do avental tira três bilhetes de papel e larga sobre a mesa. Mario grita, ecoando pela casa:

— Ragazzi, darei folga para vocês durante o feriado. E aqui está una pequena sorpresa: ingressos para um baile de carnaval. Divertiti!

Pegamos um ingresso cada. Incrédulos, meus dois colegas se entreolham. Carolina confere de novo seu bilhete. Luiz gagueja.

— Mas... mas é o Baile do Au Bon Gourmet!

— São cortesias. Tenho um bom amico que trabalha lá.

Luiz abraça o patrão, em êxtase. Deve ser realmente bom esse baile, penso. O estranho é o nome nada carnavalesco do local. Inclusive, parece mais de um ristorante. O jovem garçom não se contém.

— Isso é demais! Obrigado! Mario, Pati, por que vocês não vão passear hoje? Vão ao cinema, se deem uma folga também! Ainda dá tempo de pegar a sessão das dez. A gente segura as pontas. É carnaval!

Mario gargalha. Pati, mulata emotiva, ri e abraça o chef. Carolina sorri com apenas um dos cantos da boca, azeda até na alegria. Já eu apenas observo.

— Ecco! Assim que as duas mesas pedirem a conta, podem fechar e ir embora vocês também. Buono carnavale, bambini! Vejo vocês na quarta-feira.

Mario e Pati saem pelos fundos, enamorados e satisfeitos, provavelmente rumo ao cinema. Carolina resolve varrer o chão. Luiz guarda seu ingresso com carinho. E eu saio à rua, acendendo um cigarro. Me pergunto se Aline pulará o carnaval. Então sorrio, lembrando a resposta que la Bruna deu quando perguntei, certa vez, se ela gostava de praia.

"Eu sou carioca, Toni".

Quase ao fim de meu segundo cigarro, os últimos fregueses saem da Locanda. Meus colegas já estão colocando as cadeiras invertidas sobre as mesas, sinal de fim de expediente em todos os restaurantes do mundo. São quase onze horas. Luiz e Carolina seguirão para suas casas, família, amigos. E eu ficarei aqui, incomodando Mario e Pati, em meu carnaval de mesas vazias.

— Então, meu Capitão? É aqui que se come a boia forte?

Abro a boca e o cigarro cai. Pasmo, vejo um diminuto vulto a sorrir. É Ricky, vindo do outro lado da rua. Acompanhado de oito barulhentos amigos.

— Turma, este é Toni, o gringo de quem falei. Aqui é onde a gente vai tirar a barriga da miséria. Não é vero, meu General?

Não digo nada, apenas sorrio, em choque. Enquanto junto três mesas para acomodá-los, Luiz e Carolina observam como se assistissem a um filme de terror.

— O que foi, Marechal? Não lembra de mim? Aquela noite, na festa, você contou que trabalhava em um restaurante e me passou o endereço. Prometi que viria e cá estou, com minha rapaziada.

Não lembro disso. Quanto melhor a festa, menos se lembra depois.

— E então, gringo? Pode mandar vir uma rodada de cerveja e pizzas!

Corro para a cozinha. Assim que entro, Carolina e eu temos a mesma reação: olhar para Luiz, que foi quem teve a ideia de Mario e Pati saírem.

— Mas... como eu ia saber?

Olho ao redor e percebo que a quantidade de massa que Mario deixou não será suficiente para atender a mesa de Ricky. O mesmo vale para o molho de tomate. Em um arroubo desato a falar.

— Luiz, sirva uma rodada de cerveja! Carolina, você sabe como fazer o molho. Dê uma encorpada no que restou na panela. Eu faço mais massa e monto as pizzas.

Luiz retorna ao salão equilibrando uma bandeja cheia de copos e garrafas. Carolina imediatamente se põe a engrossar o molho. Já eu começo a espalhar farinha de trigo sobre a mesa. Escuto Ricky propor um brinde e torço para que a cerveja os mantenha calmos por um tempo. Com ambas as mãos ajeito uns dois quilos de farinha fazendo um buraco ao centro, como se fosse um pequeno vulcão. Dentro dele, despejo um litro de água com um toque de fermento. Olho para Carol e ela está em transe, picando tomates. Torço para que, assim como eu, ela tenha prestado atenção em Mario nesses dias todos. Adicionando azeite e sal, misturo tudo até a massa ficar maleável.

— Coronel! Essas pizzas saem ou não saem?

Ricky reclama e Luiz me olha como quem pede instruções. Digo para ele servir mais uma rodada e pergunto à Carolina como vai o molho.

— Pronto — diz ela, secamente.

Limpo as mãos e vou em direção aos fregueses. Nove pessoas famintas, batendo garfos e facas sobre as mesas. Respiro fundo. E finjo que o acanhado salão da Locanda del Mario é a minha piazza.

— Ciao, ragazzi! Vim explicar a demora: pedi ao chef para eu mesmo preparar as pizzas. Tutto per una esperienza veramente italiana. Está bom para você... meu Capitão?

Todos silenciam, e um clima de estapafúrdia tensão toma conta do ambiente. Da ponta da mesa, Ricky se levanta. Lentamente, o semblante rígido. E sua única resposta é um sinal de continência militar, com a mão à testa. É minha deixa:

— Perfetto! Como já puderam perceber, a casa é toda de vocês. Benvenuti!

Todos brindam. E enquanto retorno à cozinha, ainda ouço Ricky:

— É isso aí, rapaziada. Vamos virar esses copos, que o negócio é beber para não comer de estômago vazio!

COM A LUMINOSIDADE DA MANHÃ, desperto. Como na primeira madrugada do ano, me vejo deitado nas areias de Copacabana. O sol se apresenta aos poucos. Firme, intenso e alheio ao fato de que boa parte da população se recusa a aceitar a chegada da quarta-feira de cinzas.

Na Itália também se comemora o carnaval. Uma brincadeira inocente se comparado a tudo que vi nos últimos quatro dias. É como se, durante este período, tudo valesse: homens se vestem de mulher, mulheres perdem o pudor, improváveis amores surgem. Tudo ao som de músicas ridiculamente simples, hinos à diversão. Acho que cada carioca carrega pelo menos uma dessas marchinhas dentro de si, sendo capaz de mudar de humor só de ouvir os primeiros acordes. Entre tantas cabeleiras de um tal Zezé e bandeiras brancas, houve uma que me marcou profundamente:

Com a letra A
Começa o amor que a gente tem...
Com a letra A
Começa o nome do meu bem!

Ai, quem me dera ser um ladrão...
Pra poder roubar...
Pra roubar seu coração!

Estico os pés e quase tenho uma cãibra. Me pergunto como os brasileiros fazem para não ficarem exaustos e lembro de Ricky, baixinho incansável. Ao longo das tardes de carnaval de rua, correndo atrás dos blocos, encontramos todos os seus amigos. E amigas. Entre uma batida de tamborim e um gemido de cuíca, tempo suficiente para amar loucamente e partir, jurar amizade eterna e sumir sem olhar para trás. Quatro dias de curso intensivo de amor à vida.

Diante de uma manhã que de cinza só tem o nome, suspiro. Se meu carnaval fosse tema de escola de samba, o baile do Au Bon Gourmet mereceria um carro alegórico. Depois de dois dias com o povo, me vi no club mais elegante da Avenida Copacabana. Um penetra em meio a artistas, grã-finos e malandros. Todos com as mãos nas cinturas uns dos outros, vagões vivos de um trem sem trilhos. Uma atmosfera ritmada pelas tais marchinhas, cujas letras eram lei.

As águas vão rolar!
Garrafa cheia eu não quero ver sobrar.
Eu passo a mão no saca, saca, saca-rolha...
E bebo até... me afogar!
Deixa as águas rolar...

E foi aí que a encontrei. A única colombina de cabelos soltos a pular pelo salão. De preto-e-branco, vestido cheio de babados. Esbanjando um sorriso inesperado e pernas absurdamente torneadas. Lembro de cor nosso diálogo.

— Ciao.

— Antonello? O que você está fazendo aqui?

— O mesmo que você.

Ela riu, se desarmando.

— Por que você não me chama de Toni? — perguntei.

— Porque eu não gosto de você.

— E por que você não gosta de mim?

— E por que eu deveria?

Um velho fantasiado de bebê, de fralda e chocalho na mão, passa ao meu lado e tento encontrar sentido em tudo o que aconteceu. Diferente dos poucos foliões ao redor, aceito que o carnaval acabou. E que é hora de voltar para a Locanda del Mario. Onde trabalho com signor Prandelli, Pati, Luiz e a ragazza que beijei a noite inteira no Baile de Carnaval do Au Bon Gourmet.

O MOVIMENTO É PEQUENO nesta noite de quarta-feira de cinzas. Sem ter o que fazer, tiro o avental e vou fumar sentado na calçada do outro lado da rua. Aproveito o clima tranquilo de uma cidade onde cem por cento da população está de ressaca.

Observo a Locanda e sinto pena do estabelecimento, como se fosse um ser vivo. A casa parece triste, com suas luzes fracas e amareladas, adornada porcamente pela faixa que anuncia nossas pizzas. Por uma das janelas vejo Mario bebendo com um freguês. O velho está sempre alegre, mesmo que seu negócio seja um notório fracasso. Lembro de signor Duccio, sempre preocupado com tudo e todos, e tento imaginar os dois quando jovens, colegas de curso de culinária em Roma. Qual deles se perdeu ao longo da vida?

Quando a meia-noite se aproxima, o italiano pede que Luiz sirva mais uma cerveja. Assim que o garçom traz a garrafa é convidado a sentar-se. Il ragazzo sorri e puxa uma cadeira. Apesar de ainda haver uma mesa ativa, estão oficialmente encerrados os trabalhos. Pati se recolhe ao quarto nos fundos da casa e um vulto surge à porta do ristorante, projetando sua sombra sobre mim.

— Boa noite, Antonello.

— Ciao, Carolina. Aceita um cigarro?

— Não fumo.

— Va bene.

— Queria conversar. Você tem tempo?

— Fique à vontade. Ninguém tem mais tempo do que eu.

Carolina aperta o nó do avental, ajeita o coque e se aproxima. Com uma das mãos, limpa o paralelepípedo ao meu lado antes de sentar junto a mim na calçada. Apenas observo, e ela me encara com seus enormes olhos sérios.

— Quero falar sobre o que aconteceu.

— Sobre o baile?

— Sim.

— Va bene.

— Queria que você não pensasse que sou daquele jeito. Não costumo beber e estava um pouco solitária naquela noite. Não havia com quem conversar... O ingresso de Luiz era para o baile de sábado, o meu e o seu para o de domingo. Enfim, foi um erro. Aquilo nunca mais vai acontecer.

— Va bene.

— Também queria pedir desculpas por dizer que não gosto de você. Na verdade não gosto nem desgosto. Apenas não concordava com seu comportamento nas primeiras semanas, sempre sumindo enquanto todos trabalhavam. Mas o importante é que Mario gosta de você.

— Va bene.

— Então era isso que eu tinha a dizer. Que bom que podemos dialogar assim, como dois adultos. Afinal somos colegas de trabalho e a harmonia da Locanda depende de nós. Estamos conversados?

— Si, si... va bene.

— Ótimo. Obrigada pela atenção, Antonello. Tenha uma boa noite.

— Buonanotte, Carolina.

É como uma gíria que Ricky me ensinou: é batata. Basta sermos deixados sozinhos para que Carolina e eu nos agarremos. Já faz mais de duas semanas que nossos amassos furtivos se tornaram quase incontroláveis na cozinha da Locanda. Por sorte até agora ninguém nos descobriu.

Tudo começou no dia seguinte à quarta-feira de cinzas. Carol chegou para o turno da noite mais cedo do que o costumeiro, lá pelas cinco da tarde. Apenas eu estava em casa, comendo uma maçã. Ela surgiu de vestido amarelo-claro, a luz vinda da rua desenhando sua silhueta sob o tecido. Até aí, tudo bem. O problema foi o cabelo solto. Até então só a havia visto assim na noite que prometemos nunca mais repetir. Lembro que ela estava junto ao fogão e eu colocava os restos de minha maçã na lixeira logo ao lado. Ela me olhou, eu a olhei, e foi o que bastou. Até agora nada foi além de beijos e carícias. Quando alguém se aproxima, cada um volta rapidamente ao seu posto. E quando os outros estão ao redor, nossa simulação de desdém mútuo é impecável.

Se antes seus grandes olhos me irritavam, agora me atiçam. Porém o que mexe mesmo comigo é o seu cabelo. Cada vez que a tenho em minhas mãos, a primeira coisa que faço é desfazer seu coque. Para tornar tudo ainda mais complicado, o movimento no ristorante melhorou um pouco. Tudo porque Ricky decidiu voltar várias vezes, sempre com novos amigos. Ainda mais depois que conheceu Mario. Foi amizade à primeira vista.

Carol e eu passamos a trabalhar lado a lado. Nossa pizza é um sucesso. Qualquer pessoa de bem sabe que o mais importante em uma pizza nao é o queijo, mas sim a massa e o molho. E nisso, nem eu, nem Carolina decepcionamos. Ando tão orgulhoso das pizzas que não deixo mais ninguém participar da preparação delas. Com tudo isso já faz mais de uma semana que não procuro por Aline. Na verdade, ultimamente tenho evitado sair da casa. Nunca se sabe quando eu e Carolina teremos o próximo instante a sós.

Acho que Luiz desconfia de algo. Sempre que pode, parece evitar que fiquemos sozinhos. Como agora: sentado à mesa, lendo e relendo o caderno de esportes. Puxo assunto, tentando ser amigável.

— Luiz, onde será o próximo jogo do Botafogo?

— No Rio.

— É mesmo? E contra quem? Qual campeonato?

— Corinthians. Torneio Rio-São Paulo.

As respostas saem curtas e secas. Então apelo. Espio o jornal e tento identificar o nome de algum jogador do time dele.

— Gostaria de assistir. Que me diz, Jairzinho?

Acerto em cheio. Ao ouvir o nome do atacante de seu time, o ragazzo desata a falar. E com vários dias de antecedência, já define onde e a que horas nos encontraremos, todo o cronograma da ida ao Maracanã. Sorridente, Luiz se vira para a assistente de cozinha, que até então nos ignora, absorta a picar tomates.

— Ei, Carol. Você não quer ir conosco?

Carolina para o que está fazendo, mas não se volta para

nós. De costas, responde ao convite com um misto de polidez e indiferença.

— Não, obrigada. Torço para o Bangu.

Luiz quase cai da cadeira de tanto rir. Faceiro, ele se levanta, dobra o jornal, o põe sob o braço e vai embora.

— Bangu... ela torce para o Bangu, meu Deus... — o garoto sai a repetir. Sorrio, achando engraçado o nome do time. Isso até o garçom sair porta afora. Nesse instante o barulho da faca de Carolina batendo na tábua de corte subitamente cessa.

Ela me olha de soslaio. Estamos sozinhos outra vez.

Impossível não se impressionar com o Maracanã. Não apenas por seu tamanho colossal, onde caberiam pelo menos três estádios como o de Firenze, mas também por suas bandeiras, músicas e vibração. Ainda mais em um dia de enorme público como hoje. Luiz bem que tentou explicar a mística que envolve este templo do futebol. Porém nada me prepararia para a energia gerada por um gol marcado dentro deste monstro de concreto.

É fim de tarde de quinta-feira, dia 10 de março. Mario nos liberou para vir, para felicidade do garçom. Apesar do dia atípico para uma partida de futebol, ao que parece muitos chefes do Rio de Janeiro tiveram a mesma compaixão para com seus empregados. Ou isso, ou muita gente aqui terá explicações a dar. Olho ao redor e me sinto como um farol em meio ao mar alvinegro, as cores dos dois times em campo. Luiz elogia minha extravagante camisa roxa e fica curioso sobre a Fiorentina. Conto o que sei sobre o clube e seus olhos brilham. O garoto é realmente apaixonado por futebol. Para manter a chama acesa, pergunto qual foi a graça quando Carolina disse para qual time torcia.

— Quem é que torce para o Bangu, Toni? Temos Botafogo, Flamengo, Fluminense, Vasco, América... quem torce para um time que, em sessenta edições do Campeonato Carioca, só foi campeão uma vez? Uma única vez!

Ele gargalha e volta seu olhar ao campo, onde o jogo já se

encaminha para o final. Sorrio timidamente, lembrando o único scudetto de minha Fiorentina. Mas Luiz não percebe meu constrangimento. E nem há tempo para isso: é gol do Botafogo. Mais um. O Fogão aplica impiedosos cinco a um no Corinthians em um jogo histórico. Afinal Mané Garrincha está em campo. E não é pelo time da Estrela Solitária. Após ter sido o melhor jogador da Copa de 62 e brilhar no Rio por mais de dez anos, seu passe foi vendido aos corintianos. Mas apesar do status de estrela, o atleta chegou a São Paulo acima do peso, com problemas no joelho, vida pessoal conturbada e em fim de carreira. Observo a pálida figura que o jogador faz na partida e deduzo que os paulistas jamais apostarão novamente em um jogador nessas condições. De qualquer forma é a primeira vez que o maior craque da história do futebol carioca enfrenta seu ex-clube.

— Todos os botafoguenses do Rio de Janeiro devem estar aqui hoje, Toni!

Luiz repetiu isso várias vezes ao longo dos dois tempos de jogo. E a cada uma delas, procurei por Aline. Imaginando sua cintura dentro de uma dessas camisetas listradas, mal prestei atenção nos gols de Jairzinho, Bianchini e Parada. De súbito um momento de silêncio me faz olhar para o gramado, onde a bola rola em direção a Garrincha. O estádio cala, em respeito ao velho ídolo. Gordo e lento, ele domina a esfera de couro e a conduz pela ponta do ataque. Um zagueiro do Botafogo para diante dele, receoso. Garrincha então finge que vai para um lado, finge que vai para o outro e o defensor, sem dificuldades, toma-lhe a bola. Alguns torcedores vibram, outros riem. A maior parte aplaude, eternamente grata ao velho herói combalido.

O jogo termina e meu acompanhante faz conjecturas

sobre o torneio. Alheio à sua alegria, tento, mais uma vez, encontrar mia Bruna em todas as morenas do Maracanã. Sinto um frio no estômago cada vez que vejo um homem abraçado a uma delas. Em meio à alegria geral, é inevitável pensar que provavelmente ela esteja muito bem sem mim. Quando a arquibancada começa a esvaziar, Luiz parte em direção a um dos portões de saída. Sigo logo atrás, observando o Cristo Redentor à distância. É impressionante: ele pode ser visto de quase todos os pontos da cidade. Lembro do Duomo com nostalgia.

— Toni, posso pedir uma coisa a você?

Caminhando na frente, o ragazzo fala sem olhar para trás. Consinto e ele prossegue, passos lentos em meio à aglomeração.

— Seja legal com Carol. Ela é uma boa garota.

Calados, seguimos em frente. Antes de sairmos ainda olho mais uma vez para o gramado vazio do maior estádio do mundo. E me sinto como Garrincha dentro da camisa do Corinthians: totalmente perdido.

Carolina sai do mar e me olha com seus grandes olhos castanhos. Ela caminha em minha direção enxugando o cabelo com as mãos, ressaltando o músculo de suas coxas a cada passo. Apesar do maiô comportado, ela não consegue esconder o corpo com o mesmo sucesso com que o faz na Locanda. Por que ocultar uma cintura dessas? Não entendo essa ragazza.

Na verdade acho que ninguém entende. Por isso o espanto de Mario e Pati quando finalmente nos pegaram em flagrante. Na hora, Pati invocou os nomes de Jesus, Maria e José. Já Mario foi italianíssimo: caminhou de um lado ao outro, repetindo: "Dio Santo! Mia ragazzina Carolina con mio bambino Antonello!". Com mãos e rostos sujos de farinha, Carol e eu parecíamos duas crianças esperando pelo castigo. Que jamais veio. Mario e Pati até pediram desculpas por terem nos interrompido. E agora parece que muitas vezes somem de propósito com o intuito de nos deixar a sós.

Carol se senta ao meu lado na areia. Ela deita sua cabeça em meu ombro e a abraço. Ficamos assim, sem conversar, apenas observando o pôr do sol nas montanhas do Arpoador. Um vento frio surge inesperadamente e a envolvo com mais firmeza em meus braços. Apesar do domingo de sol, já estamos no meio de abril e o outono se apresenta. Aquecida junto ao meu corpo, ela se aconchega.

Em Firenze é primavera. Penso nisso e imagino o inverno solitário que meu pai acabou de enfrentar. Se é que alguma vez lhe fiz companhia de verdade. Ao me despedir de Nicola, pedi que, de tempos em tempos, visitasse o velho. Apenas para averiguar se está tudo bem. De vez em quando penso em escrever uma carta para babbo. O problema é que sempre que lembro disso estou em uma situação em que, como agora, não posso fazê-lo. Gostaria que ele soubesse que as coisas vão bem por aqui, apesar de não estarem saindo como planejei. Acho que, à sua maneira, o velho ficaria feliz.

— Antonello, estou com sede.

— Carol, quando é que você vai começar a me chamar de Toni?

La ragazza sorri sem abrir os lábios. Após me beijar no rosto, ela se levanta e veste uma camiseta branca sobre o maiô. Também me levanto e damos as mãos. Lado a lado, caminhamos em direção a uma barraca de sucos. Carolina quase não bebe álcool. E isso explica muito do nosso primeiro beijo. De vez em quando tento convencê-la a beber um vinho, mas ela diz que não gosta. Suspiro e teorizo: isso de não gostar de vinhos não existe. Com apoio e acompanhamento, tende a ser plenamente curável.

— Acorde, Antonello.

— Cosa?

— Vou pedir de maracujá. Você quer de quê?

— Maracujá? O que é isso?

— É uma fruta, ora. Você nunca viu maracujá?

— Acho que não.

Pedimos dois sucos de maracujá. Sempre gostei de experimentar novos sabores. O vendedor nos serve dois copos com o sumo de uma fruta amarela e arredondada. Com uma faca ele parte o fruto ao meio e alcança uma das metades para mim. Por dentro o tal do maracujá tem aparência estranha. Sua polpa é viscosa, pontilhada por minúsculas sementes pretas. Com curiosidade, cheiro. E fico em profundo silêncio.

— O que houve, Antonello? Não gostou?

Morango com Maracujá. Então era esse o cheiro de Aline.

Paro diante do enorme edifício e confiro o endereço. É aqui mesmo. Corro os olhos ao redor e, à distância, vislumbro o Passeio Público, um dos parques mais antigos do Rio de Janeiro. Sua opressiva escuridão não passa uma sensação acolhedora. Receoso, pressiono o número 1104 do interfone. E uma voz feminina logo responde.

— Pode subir.

Uma campainha metálica soa e entro em um corredor gelado e mal iluminado. Posso ouvir o eco dos meus passos, em um cenário que só aumenta meu nervosismo. Enquanto o elevador sobe os onze andares, relembro o convite que Carol me fez de tarde.

— Hoje é sábado. Não quer passar lá em casa esta noite?

Não contive a satisfação. Já faz quase dois meses que ela me enlouquece quando estamos sozinhos, em infinitas carícias que nunca terminam o que começamos. Na hora do convite, previ o final da espera. Mas Carolina tinha mais a dizer.

— Anote o endereço. Meus pais querem conhecê-lo.

Bato na porta e ela me recebe com seu olhar de sempre, indecifrável. A ragazza beija meu rosto e me faz entrar no apartamento repleto de retratos pelas paredes. Nas fotos, ela e o que parecem ser seus pais e a irmã. Todos sorridentes, menos ela, séria em todas as imagens. Em poucos passos estamos na sala de estar. Sentado em um sofá, sob uma enorme imagem da Santa Ceia feita de crochê na parede, o patriarca da família me observa. Diferente das fotos, ele não sorri.

— Pai, este é meu namorado.

Namorado? Atônito, vejo Jesus na Santa Ceia de lã. E me consolo pensando no desgosto que Leonardo da Vinci teria se visse essa versão de sua obra.

— Então esse é o gringo.

— É italiano, pai. Antonello, esse é meu pai, Paulo.

Il signore aperta minha mão com força, me encarando. Tento ser gentil.

— Muito prazer, senhor. Bela reprodução da Santa Ceia.

— Ah, mas isso você deve dizer à minha mulher. Foi ela quem fez. Nega!

Duas surpresas. A primeira é que a mulher que vem da cozinha não é negra. Dona Luísa é, no máximo, bronzeada. Uma pequenina senhora de balouçantes cabelos cacheados, que chega ao recinto cantando um samba qualquer. A outra surpresa é que signor Paulo, apesar da severidade inicial, é um fanfarrão. Cheio de graça, o velho me convida a sentar e não para de fazer brincadeiras, enquanto a matriarca me oferece biscoitos. Os pais de Carol perguntam onde vamos e minha autodeclarada namorada responde que já é muito velha para dar satisfação.

— Cuidado, rapaz. Ninguém sabe o que se passa na cabeça dessa menina.

Carolina bufa, e seus pais acham graça. Nesse momento, suspiro aliviado. Nunca havia sido convidado a conhecer os pais de una donna. É mais fácil do que eu esperava.

— Desirée! Venha conhecer o gringo!

Ao grito de signor Paulo, uma ragazza loira surge de um dos quartos do acanhado apartamento. Adolescente, com uma grande franja sobre os olhos, blusa de dormir e short curto. De pés descalços, ela parece caminhar em câmera lenta. Mais uma vez tento focar na Santa Ceia, mas a visão da irmã de Carolina é irresistível. Então peço perdão ao Jesus de crochê. Nem que ele fosse de carne de osso seria capaz de me fazer desviar o olhar.

— Prazer, Desirée — diz a caçula.

— Buonasera, mi chiamo Antonello. Mi è stato un piacere conoscere una ragazza così...

— Está bom, Antonello. Minha irmã já entendeu.

Carolina me fulmina com o olhar.

— Sei o que está pensando, gringo...

Me assusto com o comentário do pai das moças. E com Carol, que me cutuca com o cotovelo enquanto aprecio as pernas de Desirée.

— Como uma irmã tem um nome tão peculiar e a outra, um tão comum? Pois aí é que você se engana, rapaz! Minha filha não deve ter lhe contado, mas na verdade se chama Karolina com K. Desirée foi o nome do amor da vida de Napoleão Bonaparte. Já Karolina, veja você, foi o nome de uma princesa ítalo-austríaca. Nasceu na Áustria, durante exílio da família real da Toscana.

— Meu marido tem mania de leitura, não dê bola. Mais biscoitos? — diz donna Luísa com uma fornada em mãos.

Curioso, nunca soube muito da família real vinculada à minha terra, da época antes da unificação italiana. Signor Paulo ri satisfeito, enquanto penso na estranha coincidência. Já Karolina franze o cenho. Como se um tenebroso segredo seu tivesse sido revelado.

— Chega, pai. Vamos sair agora.

— E como é que se faz antes de sair?

Karolina revira os olhos, mas consente em dar um beijo na bochecha do pai antes de me arrastar corredor afora.

— Agora sim papai gostou. Juízo e divirtam-se.

Só tenho tempo de dizer ciao. E de pedir perdão ao Jesus de crochê antes de dar uma última espiadela nas coxas de Desirée.

Ricky e Luiz já haviam me informado sobre a Lapa, reduto boêmio do Rio de Janeiro. Apesar do nome do bairro vir da Paróquia Nossa Senhora do Carmo da Lapa, não é em busca de iluminação espiritual que os notívagos vêm para cá. Karolina me conduz pela mão através das vielas repletas de malandros, bêbados, prostitutas e toda sorte de criaturas da noite. Apesar da naturalidade com que caminha, ela não parece fazer parte de nenhum dos ambientes que cruzamos. Incluindo sua própria casa. Sempre soube que era uma ragazza estranha. Mas conhecendo seus pais e irmãs, tão simpáticos e amáveis, entendo menos ainda seu jeito de ser.

— O que tanto pensa, Antonello? Você fica desatento muito fácil.

— Em um assunto sério.

— O quê?

— Por que diabos você não me chama de Toni?

Ela ri, mas logo se contém. E me dou conta de que para ela talvez eu também seja um mistério. Afinal a garota não sabe o real motivo de minha vinda ao Brasil. Ao pensar nisso, deduzo que Karol possivelmente também guarde algum segredo.

— Por que aquela cena com seu pai? Você tem vergonha do seu nome?

— Meu nome é ridículo. Parece que está escrito errado. Preferia ser normal.

— Mas você é normal.

— O problema é que, quando conheço alguém, não digo como se escreve o meu nome. Apenas digo que me chamo Karolina. Então quando essa pessoa conhece meu pai, sempre acontece essa revelação. Como se a partir daí eu fosse outra pessoa por causa de uma letra.

Observo a garota ao meu lado e concluo que este é o motivo de rebeldia mais estúpido que já vi na vida. Mas não digo nada. Apenas traço um paralelo entre signor Paulo e mio babbo. Tento entender como Karol pode ter se tornado uma pessoa tão arredia tendo um pai tão caloroso. As pessoas são mesmo complicadas. Amor e zelo em excesso, pelo visto, também não fazem muito bem.

Olho ao redor e estranho. Já é quase meia-noite e revejo o Passeio Público. Nos aproximamos novamente da região onde ela mora. Passamos a noite a caminhar em círculos, entre a Lapa e a Cinelândia, sem chegar a lugar algum.

— Quer dizer que sou seu namorado?

— Se você quiser.

— Nunca tive uma namorada.

Ela não diz nada e me flagro fazendo suposições sobre ela ter tido ou não outros namorados. Não gosto da sensação.

— Acorde, Toni. Venha comigo.

Karolina aperta minha mão e me conduz em direção ao Passeio Público. Quanto mais nos embrenhamos no parque, mais rápido ela caminha. Me espanto com sua agilidade em um lugar que aterrorizaria qualquer outra mulher. Eu mesmo me sinto um pouco amedrontado, na medida em que os sons dos grilos e sapos ficam mais intensos. Subitamente ela para. Encostada em uma árvore, a ragazza solta minha mão. Tento acostumar a visão à escuridão e pergunto o que ela está fazendo. Mas a ragazza ordena silêncio com um chiado. Tudo que consigo distinguir é sua silhueta. Então percebo que ela tira a calcinha por baixo da saia, sem receio. Depois põe as mãos em meu peito, abrindo os botoes de minha camisa e beijando meu pescoço. Quando seus dedos chegam ao zíper de minha calça, tenho a estranha impressão de que ela está sorrindo.

E aqui mesmo, à mercê das criaturas noturnas, Karolina me convence de que sou seu namorado.

Me arrasto até a cozinha e abro a geladeira, procurando uma Coca-Cola. Com a garrafa gelada na mão e o corpo pedindo açúcar, bebo um gole que quase me leva às lágrimas. O barulho da chuva batendo nas janelas torna o dia perfeito para não fazer nada. Não sou o único a pensar assim: apesar da quarta-feira, a Locanda não abriu. Me debruço sobre a mesa onde Mario, Ricky e eu bebemos por toda a madrugada e tento adivinhar que horas são.

O movimento do ristorante caiu bastante nas últimas semanas. Falta de variedade no cardápio, chef inconstante, má localização do estabelecimento... muitos são os motivos. E nenhum deles é novo. O fato é que pela primeira vez Mario parece preocupado. Em várias oportunidades nos últimos dias o flagrei pensativo, olhando para o nada, em raro silêncio. O problema é que sua medida mais eficaz para resolver os problemas é abrir uma garrafa de cerveja. Ou de vinho. Ou de grappa. Ou de limoncello. Ou todas elas ao mesmo tempo, como na noite de ontem.

Ao lembrar disso sinto a cabeça pulsar. Então volto para a cama, rendido à ressaca. Deito de olhos abertos, olhando para o teto e respirando profundamente. Imagino que Karolina esteja em casa, amuada por não estar na Locanda. Sinto falta dela. Repito isso para mim mesmo, frisando seu nome. É Karol que eu gostaria que estivesse aqui, e não outra pessoa. Fico repetindo essa afirmação até soar convincente.

Mario, dormindo logo ao lado, ronca com ferocidade. Lembro de meu pai. O que não daria por um prato revigorante de sua ribollita? Com um suspiro, viro o rosto para o lado e vejo minha mala socada embaixo da cama do chef. Penso em babbo e no dinheiro obtido com as joias de minha mãe. O envelope segue ali, dentro da castigada bagagem. A única vez que o abri foi quando o recebi, na stazione em Firenze. Com os poucos gastos que tenho por aqui ainda não foi necessário recorrer a ele. Mario não paga salário nem regulariza minha papelada, o que faz de mim um imigrante ilegal. Apesar disso, tenho casa, comida e bebida de graça. Desde que não me envolva em problemas, vou ficando no Brasil indefinidamente.

Sem mais o que fazer, estico o braço e enfio a mão dentro da mala. Dali de dentro, puxo o invólucro de papel. Abro o envelope e encontro as liras intactas, como era de se esperar. Com a mão dentro acaricio as cédulas, feliz por apenas tê-las, uma sensação fugaz de riqueza. Porém um outro item chama minha atenção em meio ao dinheiro e trago-o para fora. É outro envelope. Menor, lacrado e com um carimbo onde se lê a palavra "ritornata".

Me sento no colchão e tento ignorar a náusea. Há cinco meses esta carta amarelada veio da Itália comigo sem que tivesse percebido. Logo a reconheço como uma das tantas que mamma enviou ao Brasil e que foram retornadas por sua família. Datada de 1946 e endereçada a Porto Alegre, Rio Grande do Sul. Aos cuidados de Leda Brochier de Oliveira. Minha avó. Tenho um impulso de abrir o envelope, mas me contenho. Por algum motivo meu pai nunca abriu as correspondências de minha mãe e resolvo respeitar a vontade do velho. Mas me pergunto por que ele mandou isto junto com o dinheiro.

Com um movimento abrupto me levanto. Volto à cozinha e me sirvo de mais uma Coca-Cola. O líquido gelado parece clarear minha mente, ao mesmo tempo em que o gás da bebida agride meu paladar. Mais uma vez me sento na grande mesa ao centro do recinto. E resolvo fazer uma coisa que já deveria ter feito há muito tempo: escrever uma carta para o velho Gennaro.

Pati põe a mão sobre o ombro de Mario, e ele beija seus dedos. Luiz, Karolina e eu, sentados diante deles, acompanhamos a cena em silêncio. O velho italiano nos olha com ternura e após breve preâmbulo arremata:

— La vita è così... estamos mesmo fechando la Locanda.

Todos se entreolham com pesar. Mas seria mentira se dissesse que fiquei surpreso. Porém nestes seis meses em que estou aqui, já vi períodos piores. Sábado passado mesmo tivemos casa cheia, atendimento entrando até a madrugada. Fico pensando nessas coisas, mas logo sou interrompido. Mario ainda não terminou a reunião.

— Fui convidado a trabalhar em um grande hotel no nordeste. Una buona offerta. Em razão disso, Pati e eu partiremos em poucas semanas. Ao final deste mês de junho, entregaremos la casa. Mas vocês são como filhos per me, sabem que tenho contatos. Estou procurando onde encaixar vocês. Será melhor per tutti. Principalmente per te, Toni. Um emprego de verdade, em outro ristorante, com visto de trabalho e remuneração. Você merece.

Sorrio frouxamente, entristecido. Não apenas pela notícia, mas também por ouvir que meu emprego atual não é de verdade. Para mim, era. Diante do desânimo geral, Mario se levanta e resolve abrir um vinho para espantar a tristeza. Então Karol prontamente se põe a fazer um chá para ela e Pati. Luiz, em atitude prática, arruma as mesas para os trabalhos da noite. Já eu me pergunto se os últimos dias de Locanda não são também meus derradeiros de Brasil. Para onde mais eu iria?

Observo Karol em seu lugar de sempre, voltada para o fogão. Concentrada não apenas na fervura da água, mas também em distantes pensamentos. O que será que se passa nessa cabeça? O que uma garota de classe-média, de vida sem privações, faz com a barriga colada ao fogão em um lugar como este? Minha namorada parece sofrer do estranho mal que acomete muitas mulheres atualmente: mania de independência.

De súbito ela se vira para mim, como se flagrasse meus pensamentos. Com vagar Karolina limpa as mãos no avental e caminha em minha direção, sorrindo sem abrir os lábios. Com carinho ela passa a mão em meus cabelos e faz uma pergunta. Que me arrepia da cabeça aos pés.

— Diante desta situação... do fechamento da Locanda... estava aqui pensando... Você terá que se mudar, Antonello. E eu quero sair de casa. Ora, por que não moramos juntos?

Interessante. Há quase uma semana, Karol não perguntou se eu gostaria de morar com ela, mas sim por que não o fazer. Nessa situação, o interlocutor se vê não apenas obrigado a responder sim ou não, mas também a apresentar argumentos que expliquem uma possível negativa. A ragazza fala pouco, mas quando o faz é sempre com frieza e precisão.

Apesar do susto inicial, com o passar dos dias a ideia foi tomando contornos agradáveis. Ela tem razão: eu realmente terei que procurar um novo lugar para morar. E percebendo uma inédita empolgação de minha namorada, entendi que poderia ajudar a realizar um velho sonho dela. Além do mais, será bom enfim fazer amor em uma cama, e não pelos cantos da cozinha ou em via pública. Karolina tem jeito de ser uma ótima dona de casa. E quando quer é uma mulher extremamente carinhosa. Mas só quando quer.

— Ô, meu Sargento! Tem rango nessa casa?

Ricky e sua indefectível brilhantina adentram o ristorante. Luiz me olha preocupado. Quem vai contar a ele sobre o fechamento da Locanda? Finjo que não é comigo e volto à cozinha, junto às mulheres. Vejo Karolina ao fogão e lembro que apesar de tudo seguiremos trabalhando juntos, contratados por um amigo de Mario. Pelo que entendi, meu novo patrão será um rico português que decidiu abrir uma pizzaria no Leblon. Um gordo com dinheiro e fome, mas sem experiência em administração de restaurantes. A maior prova de sua inaptidão para gerir um restaurante? O fato de não apenas nos contratar, mas também me nomear seu chef. Após experimentar nossa pizza, o luso garantiu emprego para ambos. Assim, serão vinte e quatro horas diárias de convivência. Nunca casei, nem sou especialista no assunto. Mas eu não teria direito a uma despedida de solteiro?

— Acorda, Antonello.

Karol fala ao meu ouvido, me dando um susto. É injusto. Não entendo o que passa em sua mente e ela parece estar sempre lendo a minha.

— Andei pesquisando apartamentos para nós, por conta própria. Acho que encontrei o que precisamos. Por que não nos mudamos na semana que vem?

De novo o "por que não?". Seu tom é suave, ponderado. Karolina abre um sorriso feliz, com o qual não estou acostumado, e me beija. Ao final, ela chupa meu lábio inferior, encerrando o número com uma leve mordida. Só então me dá oportunidade para dizer o que penso. Olho para seus grandes olhos e vislumbro a chance para me impor.

— Va bene.

Ela me beija mais uma vez, carcereira e companheira de cela. Decidiu tudo sozinha e não esbocei reação. Karolina retorna ao seu posto, exultante. É quando, sem pensar, faço um adendo.

— Só uma coisa... antes da mudança, preciso fazer uma viagem. Assunto de família. Dois ou três dias no máximo.

Ideia genial. Talvez um reflexo primitivo que todo o homem tem ao se ver acossado per una donna.

— Quer que eu vá com você?

— Não, obrigado. É algo que preciso fazer sozinho.

Seu sorriso se desfaz, mas ela consente. Penso em dar maiores explicações, mas somos interrompidos por um lamento vindo de uma das mesas do ristorante. Pela porta da cozinha, vemos Mario e Luiz consolando Ricky com um abraço. Veramente uma noite de conversas difíceis.

Sou recepcionado por uma espécie de Davi de bigode. Como a estátua mais famosa de Firenze, o homem parece ser um símbolo desta cidade. Porém diferente do colega fiorentino, ele não está nu. Sua indumentária é simples: sandálias, uma espécie de manta sobre as pernas, camisa aberta à altura do peito, lenço ao pescoço e faixa na cabeça. Em sua mão direita carrega um laço. Lembro novamente de Davi, que segura sobre um dos ombros a funda com a qual derrubou o gigante Golias. E me pergunto se o guerreiro esculpido por Michelangelo também derrotaria o Laçador Gaúcho.

Observo a cidade passar através da janela do ônibus. Esperando encontrar um vilarejo, o que vejo são edifícios e pessoas elegantes ao longo de uma avenida que ironicamente se chama Farrapos. Após um dia inteiro de viagem, minhas pernas formigam. Mas apesar do cansaço não deixarei minha procura para amanhã. Assim que desembarcar, vou direto ao endereço da carta. Se minha busca for infrutífera, aí vou atrás de um hotel barato, pergunto por um bar e tento relaxar nesta tal de Porto Alegre.

Após costurar pelo que parece ser o centro da cidade, o veículo finalmente estaciona. Praça Rui Barbosa, parada final. Enquanto os demais passageiros descem, tiro do bolso a última carta escrita por minha mãe. Quase vinte anos atrás, este pedaço de papel veio da Itália até aqui para sequer ser lido. Hoje a mensagem retorna, tão amassada quanto eu.

Puxando a velha mala, salto do ônibus e caminho a esmo. Entre tantas pessoas andando apressadas, vejo um homem trajado como a estátua na entrada da cidade. Concluo ser um típico gaúcho e o interrompo quando passa por mim. Pergunto pela rua da carta, Doutor Barros Cassal. Com sotaque cantado, ele aponta o caminho, enquanto bebe algo através de um canudo metálico apoiado em um estranho recipiente de madeira, forrado com um tipo de erva. "Quinze minutos a pé", diz o transeunte. Feliz pela proximidade, agradeço e tomo meu rumo. Aos primeiros metros lembro de minha chegada ao Rio e tento traçar um paralelo com o dia de hoje. Pela segunda vez em menos de um ano, me deixo levar pela carta de uma brasileira.

A Rua Doutor Barros Cassal é uma subida. Diante dela assopro a palma das mãos e as esfrego. Pela primeira vez nesses meses todos sinto frio. Bem que Karol avisou sobre a temperatura ao sul do país. Ladeira acima carrego a bagagem e trato de me aquecer com as passadas, evitando expectativas em relação ao que encontrarei no endereço. Esta viagem é apenas um tempo para arejar a cabeça, repito para mim mesmo.

Paro diante de um elegante palazzo de cinco andares, com sacadas em todos os apartamentos. Através de uma grande porta de vitrais, espio o saguão interno. Lá de dentro o porteiro percebe minha presença e se aproxima. Me olhando de cima a baixo, pergunta em que pode ajudar. Diante de minha barba por fazer e profundas olheiras, entendo sua desconfiança.

— Gostaria de falar com a senhora Leda.

— Acho que o senhor se enganou.

Mais uma perda de tempo em minha coleção. Procurarei um hotel barato e retornarei ao Rio amanhã mesmo. Que bela despedida de solteiro. Agradeço e, em respeito à longa jornada, ainda faço uma última tentativa.

— O senhor tem certeza que não há uma Leda Brochier de Oliveira neste prédio?

O homem coça a cabeça, parecendo confuso.

— Aguarde um instante, por favor.

Como um guardião do palazzo, ele fecha a porta e retorna ao seu posto, de onde manipula um moderno interfone. Aguardo do lado de fora, perdendo o homem de vista cada vez que minha respiração embaça os vitrais que nos separam. Após longa e gelada espera, o sujeito volta a falar comigo através do alto-falante externo.

— O senhor pode entrar. O elevador da direita é o social. O da esquerda, de serviço. Queira utilizar o da esquerda, por favor.

O ELEVADOR PARA NO ÚLTIMO ANDAR e me vejo em um longo corredor. De um lado janelas com vitrais coloridos dão diversas tonalidades ao ambiente. Do outro portas de madeira nobre. Logo percebo a de número 52. Toco no botão da campainha, que responde com um bonito soar de sinos.

— Boa tarde. Em que posso ajudá-lo?

Da porta entreaberta, sou recebido por uma robusta senhora de cabelos curtos e acinzentados. Uniformizada como uma governanta, ela me analisa.

— Boa tarde. Procuro pela senhora Leda Brochier de Oliveira.

Apesar dela já saber disso, parece ter dificuldade em conter a surpresa.

— E o que o senhor deseja com ela?

— Tenho uma entrega a fazer.

Com deboche, abro largo sorriso. Ela me olha de cima a baixo. Parece ser um procedimento padrão por estas bandas.

— Aguarde um instante, por favor.

A governanta fecha a porta. Após um tempo a mulher retorna.

— O senhor queira entrar, por favor.

Acompanhando a signora, caminho por uma espécie de labirinto ornamentado por pinturas rebuscadas, louças reluzentes, tapeçaria fina e móveis imponentes. O apartamento é muito maior do que eu poderia supor. Após sinuoso percurso por corredores e cômodos, chego a uma ampla sala de estar. Lá me aguarda um velho majestosamente sentado em uma poltrona.

— Este é o rapaz.

Após o anúncio, o homem de parcos cabelos brancos me olha de cima a baixo. Ainda não ganhei nenhum sorriso nesta cidade.

— Sente-se. Obrigado, Ursolina. Pode nos deixar a sós.

A empregada sai e me sento no sofá mais macio de minha vida. Tentando não levar nada disso a sério, faço graça:

— Não vá muito longe, Ursolina. Não saberei encontrar a saída sozinho.

Ninguém ri.

— O que tu queres com Leda?

— Tenho algo que pertence a ela, signore. Ela mora aqui, non è vero?

Capricho no signore e no non è vero, acentuando meu sotaque. Ao me ouvir o velho ajeita lentamente seus pesados óculos e curva o corpo em minha direção, apoiado em uma bengala.

— Leda faleceu há mais de dez anos. Espero que isto não seja uma brincadeira. Se for, é de muito mau gosto.

Cansado de tanta desconfiança e da longa viagem, saco a carta e lhe entrego em mãos. Ele analisa o envelope enquanto tento imaginar uma despedida de solteiro mais desanimada do que esta. Sua testa se divide em um milhão de linhas e quase sinto a eletricidade que corre por seu cérebro. De repente o velho na poltrona me olha de maneira amistosa. Ao que parece tanto eu quanto ele chegamos à mesma conclusão.

— Tu deves ser Antonello.

— Sim.

— Sabes quem eu sou?

— Sim.

— Vieste de tão longe só para trazer esta correspondência?

— É a intenção.

— E nestes anos todos, nunca abriste o envelope... por quê?

— A carta não é para mim. Fui bem educado por minha mãe.

O velho ri, me surpreendendo. Dessa vez, eu não quis fazer graça.

— Ursolina!

Prestativa como uma boa serviçal e ágil como quem ouvia a conversa do cômodo ao lado, a governanta retorna à sala.

— Pois não, seu Floriano.

— Abra uma garrafa de Bordeaux. Hoje é um dia especial.

Atônita, Ursolina sai. Então relaxo, cruzando as pernas e abrindo os braços sobre o encosto do sofá. Meu avô me observa com olhos alegres e marejados, os lábios apertados como quem tenta conter um sorriso. Ficamos alguns instantes calados, ambos procurando o que dizer. Até que ele cutuca minha perna com a ponta da bengala e declama:

— É como Baudelaire certa vez disse, meu rapaz... de vinho, de poesia e de virtude: embriagai-vos!

É a segunda vez que alguém do Brasil me ensina uma bela citação sobre vinhos. Já gostei do nonno.

— Mais vinho, senhor?

— Sim, sempre.

Ursolina serve minha taça à inglesa, deitando a garrafa sobre o antebraço esquerdo e apoiando a base com a mão direita. Desconfiada, a governanta espia todos meus movimentos de soslaio.

— Come, Antonello! Hoje é um dia de celebração. Tu não fazes ideia do quanto sonhei com este dia... confesso que já havia perdido as esperanças de conhecer meu neto. Posso te chamar de meu neto?

Consinto com um leve meneio de cabeça enquanto mastigo mais um bocado da deliciosa carne de cordeiro. Desde que os pratos foram servidos, signor Floriano não para de falar. É como se em um único dia quisesse me atualizar dos últimos quarenta anos da história de nossa família.

— O que Leda tinha de caridosa e temente a Deus, também tinha de rígida.

Enquanto esvazio a taça de vinho, meu avô transborda de sentimento de culpa.

— Ela nunca aceitou que nossa filha largasse o hábito. Mariazinha era o orgulho da casa. Desde menina parecia ter a vocação. Era a primeira da turma em latim, a preferida da professora de catequese. Eu e tua avó usamos toda nossa influência e investimos muito para mandá-la a Roma. Tu deves entender que naquela época ter um filho na Igreja era uma bênção para qualquer família. Não é como hoje, em que essa juventude só quer saber de rock and roll.

Me sirvo de mais cordeiro, enquanto o velho ajeita os óculos e prossegue.

— Quando tua mãe avisou que deixaria o convento para casar com um italiano, Leda perdeu as estribeiras. A ponto de tomarmos um navio rumo à Itália, com a intenção de tentar demovê-la da ideia. Mas não houve jeito. Foi apenas uma conversa, no próprio convento. Foi a última vez que a vimos. Mariazinha estava perdidamente enamorada do teu pai. E quanto à tua avó, também se pode dizer que ficou perdida. Nunca mais foi a mesma.

Derrubo um pouco de molho da carne na toalha da mesa. Disfarço com um guardanapo e nonno não repara. Apenas Ursolina percebe, revirando os olhos.

— Seguiram-se meses sem nenhum contato. O nome de Maria era proibido nesta casa. Imagine o martírio, para uma mulher cristã, proibir que se fale um nome como esse... a situação foi um escândalo perante a sociedade. Nossa família sempre foi muito visada, Antonello. Uma das mais tradicionais de Porto Alegre. Por mais que tivéssemos outros filhos, seus tios, a dor foi enorme.

Raspo o molho da toalha com a ponta da faca, mas isso só aumenta a mancha no tecido. A governanta balança a cabeça. Absorto, o velho prossegue.

— Até que um dia recebemos a primeira carta da tua mãe. Ela dizia que estava grávida. Furiosa, Leda rasgou o papel assim que terminamos de ler. Apesar de nunca obter resposta, nossa filha seguiu mandando mensagens. Todas prontamente devolvidas, sem serem abertas. Tua avó deu ordens expressas aos criados para que sequer nos avisassem da chegada delas. Jamais soubemos mais detalhes sobre a vida de vocês. Onde moravam, o que faziam, o nome do teu pai...

— Gennaro — digo com a boca cheia. Ursolina aperta os lábios e franze a testa, desaprovando meus modos. Nonno sorri.

— Então a amargura fez Leda definhar. Tua avó se tornou reclusa, raramente saía à rua, não recebia mais visitas, sequer o padre de nossa paróquia. Com o tempo me tornei sua única companhia. Pensei que se ficasse ao lado dela em sua decisão de apagar a memória de nossa filha, um dia teria minha esposa de volta. Tu és jovem... não entenderia as coisas que um homem é capaz de fazer por uma mulher.

Finjo que não ouço a última frase enquanto raspo o fundo do prato, passando um pedaço de carne no molho. Sem querer arranho a peça de porcelana com o garfo. Um barulho estridente percorre o salão, fazendo Ursolina crispar os dedos. Mas nonno não se abala. Deve ser meio surdo.

— Portanto, as últimas notícias que tivemos de Maria foram as da primeira carta, a única lida. Além de contar sobre a gravidez, ela anunciava que se a criança fosse menina, se chamaria Virginia. Se fosse menino, Antonello.

O velho me contempla enquanto me sirvo de mais vinho, tomando a garrafa das mãos da governanta, que por fim dá de ombros e se retira.

— Enfim tentamos seguir a vida. Até o dia em que um telegrama vindo da Itália nos informou da morte de nossa filha. Dois anos depois Leda também faleceu. "Causas naturais", disseram os médicos. Realmente, nada mais natural. Desde então, sonhei com o dia em que uma Virginia ou um Antonello bateriam à minha porta.

O velho deixa escapar uma lágrima tão grossa quanto as profundas lentes de seus óculos. Sinto pena, mas não demonstro. Apenas mantenho a boca cheia para não precisar dizer nada. Não posso concordar com a postura que manteve em relação à própria filha. Mas ao mesmo tempo é difícil não se identificar com os desatinos que os homens de nossa família são capazes de fazer por uma mulher.

— Fica aqui conosco, Antonello. O tempo que quiser. Ursolina vai arrumar o quarto de hóspedes para ti. Após o jantar, trata de descansar. Amanhã vais conhecer Porto Alegre. Tua prima vai chegar de Pelotas e pedirei a ela para passear contigo. Sejas bem-vindo! Que Deus te abençoe, meu neto.

Nonno aponta para a foto de uma garota em um porta-retratos sobre a cristaleira. A imagem mostra a jovem em Paris, Torre Eiffel ao fundo. Sorridente, mais ou menos de minha idade, largo sorriso e cabelos escuros com meia franja sobre a testa. Una bella ragazza.

Já gostei da prima.

Não são nem oito horas e já estou de pé. Enrolado em um felpudo chambre vermelho e guiado pelo cheiro de panquecas, caminho pelos intermináveis corredores. Entro na sala onde jantamos ontem à noite e encontro meu avô sozinho, sentado à ponta da grande mesa. Ao me ver nonno Floriano me recebe com um alegre buongiorno. Entre os exemplares de jornais chamados Zero Hora e Correio do Povo, uma edição do Corriere della Sera, poucos dias desatualizada. À mesa, frutas, cereais, doces, ovos mexidos, café, leite quente, suco de laranja e as panquecas. O velho realmente quer agradar.

— Me conta de ti, meu neto. Ontem falei demais. Tenta me desculpar, me deixei levar pelas recordações, anos e anos trancafiados dentro do meu peito... é tudo muito assombroso. Entende que na minha idade a gente pensa que a vida não reserva mais surpresas, e eis que... ora essa, eis que começo a tagarelar novamente!

Nonno é o retrato da felicidade. Então atendo seu pedido e discorro sobre Firenze, meu pai, o Giubbe Rosse, lembranças de minha mãe, minha vida. Só não falo de Aline. Para o velho, até ontem um estranho, digo que vim ao Brasil apenas pela experiência na Locanda del Mario. Passamos a manhã inteira à mesa, conversando. Quando percebemos já é quase meio-dia.

— Noite passada, abri a carta que trouxeste contigo. Perdi a conta de quantas vezes a li, até adormecer. Um bálsamo, meu neto... a última tentativa de minha filha em se comunicar conosco. Sabe o que tua mãe dizia?

É óbvio que não sei. Penso em como meu pai ficou esses anos todos guardando as cartas sem lê-las e me pergunto se é isso que ele queria.

— Ela escrevia sobre você. Sobre a criança saudável e alegre que tu eras. Ao que parece vocês eram felizes, e isso me conforta. Minha filha terminava a carta avisando que não tentaria mais nenhum contato. Memorizei as últimas linhas: "Vocês me criaram para ser feliz aos olhos de Deus. E tenham certeza de que sou, mamãe e papai. Que este mesmo Deus que me abençoa diariamente ilumine suas vidas também. Estarei sempre aqui, orando por vocês. Com amor, Maria".

Nonno Floriano mal consegue falar devido às lágrimas. Me constranjo. Pelo homem que se desmancha diante de mim e por minha falta de emoção.

— Mas quem morreu, meu Deus?

Uma garota de cabelos castanho-escuros e franja cuidadosamente assentada sobre parte da testa nos observa da porta da sala. De mãos na cintura e sorridente ela ilumina o ambiente.

— Então tu deve ser o misterioso primo Antonello. Daniele, muito prazer.

Na Itália Daniele é nome masculino. Mas diante de mim o que vejo é um belo exemplar de ragazza, com traços delicados e elegantes. Ao redor de seus olhos castanhos, minúsculas pintas que parecem leves respingos de chocolate. Sem pensar duas vezes me levanto e beijo sua mão.

— Sono io, è vero. È stato un piacere anche a me.

Ela ri, parecendo se divertir com meu italiano. E nonno Floriano retoma a palavra.

— Sei que estás cansada da viagem, minha neta, mas gostaria de te pedir um favor...

— Ursolina já me explicou tudo. Tenho a missão de mostrar a capital dos pampas ao primo. Onde estão as chaves do carro?

— Tu não perdes uma oportunidade de pegar o conversível, não é mesmo?

— Tudo pelo meu vovô.

Daniele se abaixa para beijar o rosto do velho, que lhe alcança as chaves com alegria infinita. Daqui de meu assento, consigo sentir o perfume dela. Cheiro de ragazza rica.

— Vamos, primo. Não há tempo a perder.

Daniele me dá as costas e desliza apartamento afora.

— Vai, filho! Senão tu não a alcanças mais — diz meu avô, satisfeito até a alma.

Limpo a boca em um guardanapo e corro atrás de minha prima, tentando não me perder dentro do imóvel. Quando a alcanço, ela sorri, chacoalhando as chaves do carro diante da porta. Então enrubesço. Não apenas pelo que ela diz, mas também por perceber que ainda estou de chambre.

— Priminho, tua visita já valeu a pena!

— COMO TU TE SENTE, TONI?

— Saído de uma orgia.

— Uma orgia gastronômica, tu quer dizer?

— Por acaso você já esteve em alguma de outro tipo?

Daniele dá um tapa em meu braço e ri por trás dos enormes óculos escuros. A maioria das garotas teria corado com o diálogo sobre o churrasco gaúcho. Mas esta parece ser una ragazza moderna. E boa de garfo. A mesma desenvoltura demonstrada à conversa e ao volante ela apresentou também à mesa, diante do balé de espetos e carnes. Observo minha prima e seus cabelos ao vento. Parece radiante. Não por minha companhia, mas pelo simples prazer de dirigir o Interlagos conversível de nosso avô.

— Continuemos o tour, priminho. Agora estamos no bairro Azenha, e logo passaremos pelo Estádio Olímpico, casa do Grêmio Foot-Ball Porto-Alegrense. Quase todos em nossa família são gremistas. Só eu torço para o Internacional, a única colorada.

— Por que colorada? Na Itália, quem torce para a Internazionale de Milano é interista.

— Porque o uniforme do time é vermelho.

— As cores de nossa Internazionale são azul e preto.

— Azul e preto é o Grêmio.

— Que estranho.

— Decidido: a partir de agora, tu és colorado também.

— Nada disso. Sou torcedor da Fiorentina, la squadra viola di Firenze.

— Squadra viola? Time de futebol roxo? Bah, estranho é tu.

Sábado de conversas frouxas e despreocupadas. A tarde passa e os únicos a trabalhar são os setenta cavalos de potência do Interlagos 1964. Minha prima acelera e sua figura ao meu lado é bem mais interessante que a vista ao redor. Nascida no interior rio-grandense, ela é bem diferente das garotas do Rio de Janeiro. Una donna refinada, viajada. Vinte e nove anos, um a mais que eu, e uma eterna estudante. Dinheiro, ao que parece, nunca foi problema para esse ramo de minha árvore genealógica. Por ter morado em Porto Alegre durante parte dos estudos, seu tour não deixa nada a dever aos guias que desnudam Firenze aos turistas. Daniele esmiúça a construção do Parque Moinhos de Vento, sacia minha curiosidade sobre o imponente Laçador e, é claro, me apresenta ao Eucaliptos, estádio do seu time. Engraçado... pela primeira vez na vida, eu sou o turista.

— Aqui em Porto Alegre somos muito orgulhosos de nosso pôr do sol. Pode rir, mas há quem diga que é o mais bonito do mundo.

Sorrio e tento não olhar para suas pernas a cada troca de marcha. Ela parece se divertir com isso, tomando para si o controle não apenas do carro, mas também do flerte. No banco do carona me sinto, já diria ela, como um guri.

— Chegamos. Este é o Morro Santa Tereza. Aqui temos a vista mais bonita da cidade. É a nossa Piazzale Michelangelo.

— Brava! Então você conhece a Piazzale Michelangelo?

Daniele sai do carro com um sorriso malicioso no rosto. Me sinto bobo. Quem terá sido o marpione que a apresentou à nossa piazzale?

— Já faz alguns anos que estive em Florença. Uma viagem inesquecível. Bem, nosso morro não é tão belo quanto o de vocês, mas...

— É belo sim. Bonita a forma como o sol se põe sobre o mar.

— Não é mar, é o Rio Guaíba. Ou lago, segundo alguns.

— Parece mesmo um lago... grande, de águas tranquilas.

— Nem tão tranquilas. O Guaíba já transbordou algumas vezes. Há mais de vinte anos, seu avanço na cidade deixou milhares de desabrigados. Até hoje é possível ver a marca do nível da água de nossa maior enchente nas paredes do Mercado Público.

Mais uma vez nesta tarde, Daniele me brinda com dados de almanaque. Lembro do drama dos cariocas no início deste ano e concluo que os brasileiros não têm sorte com suas águas. Penso no Arno, joia de Firenze, e guardo para mim o orgulho por nosso rio jamais se voltar contra o povo que habita suas margens.

— Então, primo... sou ou não sou uma baita guia turística?

Daniele pousa a mão em um de meus joelhos. É o mais perigoso tipo de mulher: a que sabe que é bonita. A noite se insinua e la ragazza me observa fixamente, sorrindo. Até não me deixar outra opção que não seja sorrir de volta.

— Obrigado pelo passeio, prima. Mas está ficando frio, não é mesmo? Melhor voltarmos para casa. Nonno deve estar preocupado.

Daniele mantém o sorriso. Parece se divertir com minha posição defensiva. Ela beija minha bochecha e sinto meu rosto corar. Então retornamos ao carro. O súbito clima frio nos obriga a baixar a capota do conversível. Em silêncio ficamos cada um em seu assento, a fitar as primeiras estrelas da noite. Minha prima gira a chave na ignição.

— Fica tranquilo, primo. Vou te devolver são e salvo ao nosso vovô.

Ao mesmo tempo em que me sinto estúpido por ter arruinado um momento romântico com una bella donna, sinto um estranho orgulho. Não pelo fato de Daniele ser minha prima ou imaginar que mamma jamais aprovaria. Nada disso. Me sinto orgulhoso por conseguir ser fiel a Karolina. E o que torna tudo ainda mais insólito é que, ao chegar a esta conclusão, é o rosto de Aline que me vem à mente.

Apesar do sol e da manhã amena, me arrepio. Amparado em mim, meu avô discorre sobre suas visitas cada vez mais frequentes a este lugar. Rotina inevitável a quem é velho, ele comenta. Sorrio acanhado diante da pilhéria funesta. Afinal estamos passeando em um cemitério. Penso que agora seja oficial: pior despedida de solteiro de que se tem notícia.

Após minutos nos arrastando por entre lápides e jazigos, chegamos ao ponto alto de nossa peregrinação: o mausoléu da família Brochier. Orgulhoso, nonno me mostra a grande chave dourada da suntuosa edificação. Toda feita em mármore e vigiada por uma imponente estátua de um anjo a segurar uma espada, a grande cripta se destaca na ala dos defuntos ricos, iguaria nobre para larvas requintadas. Com desenvoltura, o velho Floriano faz as honras.

— Entra, meu neto — diz ele, como quem convida para o chá das cinco.

Dentro do gélido ambiente, túmulos com os mais elegantes ornamentos, como se competissem entre si pela atenção dos visitantes. Aqui estão minha avó, bisavôs e outros parentes que jamais conheci. Cruzo os braços e tento esconder meu desconforto. O velho, porém, percebe minha hesitação. E, com a ponta da bengala, chama minha atenção para um lugar especial. Uma pequena lápide branca, a mais singela de todas.

Maria Brochier de Oliveira
1916 — 1953

Meu avô me observa atentamente, sempre ansioso por qualquer arroubo emotivo de minha parte. Para seu azar, sempre fui uma decepção nesse departamento. Ainda bem que nonno Floriano choraminga o suficiente por nós dois.

— Uma lápide simples, como tua mãe gostaria. Depois que Maria faleceu, eu e sua avó passamos a vir aqui todos os meses. Para retirar flores murchas, deixar novas. Sabe... esse pequeno ritual das visitas foi iniciativa de Leda. Talvez sua forma de pedir perdão à filha. Não sei. Só sei que depois que ela também se foi, comecei a evitar esta parte do mausoléu. Passou a não fazer mais sentido. Acho que nunca fez.

É claro que nunca fez, penso comigo mesmo. Afinal, não há ninguém sob essa pedra. O corpo de mamma jamais saiu de Firenze, lembro muito bem do dia de seu enterro. Inclusive foi a última vez que vi o velho Gennaro com postura digna, a coordenar os atos fúnebres como se fosse um triste banquete. Apesar das muletas e ferimentos causados pelo acidente, babbo fez questão de cuidar de todos os rituais, formalidades, pequenas misérias burocráticas. Realmente lembrando daqueles momentos, foi comovente sua força naquela semana que sucedeu o desastre. Mas dali em diante foi como se o luto tivesse desligado alguma coisa dentro da cabeça dele.

— Tu pareces pensativo, filho. Queres dizer alguma coisa?

Pobre nonno. Estou há quatro dias dormindo em sua casa, comendo sua comida, bebendo sua bebida. E tudo que ele quer de mim é um pouco de choro, fúria ou mágoa. Qualquer reação. Mas não lhe dou nada, apenas o acompanho a todos os lugares que ele se emociona em me mostrar. Não é crueldade. Apenas não me cai bem o papel de quem concede perdão. Afinal, se tenho crédito como neto, cada vez mais tenho achado que ando em débito como filho.

Corro os olhos pelo túmulo simbólico e penso. Procuro fazer qualquer comentário, demonstrar interesse ao velho. Como disse para ele no primeiro dia, minha mãe me educou bem.

— Signor Floriano, o que é isso escrito na parte inferior da lápide?

— O quê? Ah! Está um pouco gasto, talvez precise de restauração... Isto é um aforismo, filho. Encerrava o telegrama que anunciou a morte de tua mãe. Estranhamos, já que normalmente esse tipo de correspondência é muito formal e concisa. Diz: "Pouco ama aquele que pode dizer o quanto ama". Concluímos que ou o oficial do telégrafo quis ser gentil, ou que talvez fosse uma frase que Maria apreciava. Talvez um trecho de oração, repassado por alguma boa alma... nunca soubemos, a missiva veio apenas carimbada pelo governo italiano. Ninguém assinava. De qualquer forma são belas palavras. Por que estás sorrindo assim, Antonello?

— Nada, signore. É realmente uma bela frase. De um poeta italiano.

Petrarca. Ah, babbo... seu velho marpione.

— Tens certeza de que não queres ficar mais uns dias, filho?

— Obrigado, signor Floriano. Mas já abusei da hospitalidade de vocês. Vim para passar apenas dois ou três dias e acabei ficando quase duas semanas.

— Por favor, nada de signor.

— Desculpe, é a falta de costume.

— Nada de desculpas também. Se tem alguém aqui que deve pedir perdão, este alguém sou eu. Em meu nome e em nome de tua avó. Tua visita foi uma dádiva de Deus. Não sabes o bem que fizeste para a alma deste velho.

Nonno me abraça forte, emocionado. Lá vem a choradeira de novo.

— Vocês dois podem parar. Até parece que alguém vai morrer.

Minha prima pisca para mim e engulo em seco. Observo a elegante movimentação ao redor e sinto um misto de excitação e medo. A chuva fina e o tempo nublado ajudam a criar um clima de tensão. Empunhando um enorme guarda-chuva da companhia aérea Varig, Ursolina tenta proteger a todos da incessante garoa. Corro os olhos pela longa pista de asfalto e não consigo conter um calafrio.

— Então, primo... pronto para tua primeira viagem de avião?

Ao lado da escada que conduz à aeronave, sorrio corajosamente para a ragazza de sobretudo vermelho diante de mim. Sua franja oscila ao sabor do vento e sinto meu rosto ficar da cor de sua roupa enquanto nos encaramos. Ter passado incólume a duas semanas de flerte com Daniele foi uma prova de bravura muito mais difícil do que passar algumas horas a voar pelos ares.

— Se estou pronto, não importa. O importante é que o piloto esteja. Fico preocupado com as tais turbulências.

— Mas é a melhor parte!

— Você é louca. Espero que não chacoalhe muito.

— Certamente menos do que o ônibus que tu pegou na vinda, primo.

Estranho como essas pessoas se apegaram a mim em tão pouco tempo. É como se tivessem me aguardado a vida inteira, enquanto jamais cogitei encontrá-los. Nas poucas vezes em que imaginei como seriam meus parentes brasileiros, sempre visualizei uma gente desprezível. Que tipo de pessoa devolve as cartas da própria filha? Ao longo de quase dez dias, ouvi toda sorte de ladainhas sobre minha avó. Sua criação rígida, fé e bondade para com o próximo. Como advogados de defesa, os Brochier gastaram sua lábia tentando me convencer a absolver la nonna. Um esforço desnecessário. De minha parte nunca houve ressentimento. Na verdade nunca houve nenhum sentimento por minha família brasileira. Isso até hoje.

Embarque imediato para o voo Varig com destino ao Rio de Janeiro. Última chamada.

Abraço a todos, inclusive Ursolina, que retribui calorosamente. Coloco um dos pés sobre o primeiro degrau da escada metálica. O direito, intencionalmente. Sinto o ar ficando cada vez mais frio à medida que subo, como se escalasse as montanhas nevadas do norte da Itália. Nonno grita a plenos pulmões tentando vencer o barulho das turbinas:

— Tens certeza de que não precisas de nada, meu neto? Como te encontraremos?

— Já lhe disse, signor! Sou grato pela passagem! Mas nem mesmo eu sei onde estarei morando nos próximos meses! Quando retornar a Firenze, escreverei, já lhe prometi!

— Por favor, não me chames de signor!

Me comovo com o velho. Então, com meu sorriso à la Piazza della Reppublica, grito à pequena plateia:

— Ciao, nonno! Ciao per tutti! Vi aspetto in Italia!

Com um movimento rápido, entro no grande pássaro de aço. Em meu assento, afivelo o cinto de segurança com firmeza, como se isso realmente fosse fazer alguma diferença. Faço o sinal da cruz quando a aeronave começa a se mover e louvo a Deus por ser permitido fumar durante o voo. Da janela, a última visão que tenho de Porto Alegre é minha nova família se distanciando à medida que o avião toma os ares. Em meio ao asfalto negro da pista do aeroporto, nonno Floriano e prima Daniele se abraçam. Tenho a impressão de que o velho chora. Difícil dizer daqui de cima. Certeza mesmo, só do frio em minha barriga quando tudo fica branco ao entrarmos em uma nuvem.

— Eu me demito!

— Ai, meu Jesus... O que custa fazer uma pizza do jeito que o cliente pede?

— Ma questo è un peccato!

— O cliente não gosta de tomates, ora! É só uma pizza, meu Deus!

— Nem o seu Jesus, muito menos o seu Deus abençoariam uma pizza sem molho de tomate. Se não tem molho, não é pizza!

Álvaro Peixoto, meu novo patrão, sua aos borbotões e balança a cabeça negativamente. Esbaforido, ele retorna ao salão onde se encontram as mesas. Nessas horas percebo o quão diferente pode ser o português de Portugal do brasileiro: ninguém entende o que o gordo resmunga ao sair da cozinha. Já eu sorrio abraçado a meus princípios. Mas o luso não leva nem dois minutos para retornar em tom mais diplomático.

— Antonello, releve o gajo da mesa três. Ele não entende, não sabe das coisas como você... ele só come. E paga. Pelo bem desta pizzaria, por favor, ceda.

Por um instante toda a cozinha para, observando a cena. Karolina é a única que permanece de costas, atenta ao seu molho.

— Va bene... pizza com pouco molho saindo. Pouco não é nenhum, capisci?

Após longo suspiro, signor Peixoto dá de ombros e, ofegante, sai da cozinha. Então me volto para a massa aberta diante de mim. E me sinto como a prostituta que entrega o corpo, mas resguarda a honra ao se negar a beijar na boca.

— Chega de drama, Antonello.

— É porque não é com você, Karol.

— Não é comigo? Eu que faço o molho, esqueceu? E estou me lixando se vão usá-lo ou não. É só uma pizza. E você aí, olhando para a massa como se fosse uma criança parida.

Rio do comentário, mas minha namorada me dá as costas. Então apalpo-lhe a bunda e prontamente sou repelido com um tapa na mão. Karolina volta a mexer seu molho, fazendo o melhor que pode para não demonstrar que gostou da apalpada. Olho o relógio e os ponteiros marcam exatamente onze horas. O turno se encaminha para o fim em mais uma noite de outubro. Enquanto polvilho farinha sobre a massa, penso nas discussões diárias que tenho com o patrão. O mais impressionante de tudo não são as brigas em si, mas sim o fato de que Álvaro Peixoto e demais cozinheiros me escutam como se eu fosse um chef de verdade.

Uma frigideira cai no chão, me despertando. Foco na massa diante de mim e a recheio tal qual o combinado. Apenas uma colher de molho de tomate, algum queijo e só. Levo-a ao forno com sentimento de culpa. Enquanto o queijo derrete, me distraio com Karolina. Ela se aproxima segurando uma panela, de costas para mim. Ao passar, esfrega seu traseiro em meu quadril. Me sinto como em nosso acanhado apartamento de apenas um cômodo no centro do Rio, lugar que ela escolheu para morarmos, onde estamos sempre grudados. Mas seguro o ímpeto de apalpá-la de novo. As regras de segurança de uma cozinha pregam que não se deve fazer movimentos bruscos quando o colega carrega um item fervente. Ainda que de movimentos bruscos dentro da cozinha, Karolina e eu entendamos bem.

Sobressaltado, volto meus olhos ao forno. Por pouco não queimo a pizza pela qual tanto lutei. Com uma espátula de madeira, a faço deslizar para uma bandeja. Apesar das circunstâncias, parece apetitosa. As coisas no Brasil parecem ser assim mesmo. No final tudo dá certo. Mesmo que a pizza seja quase sem molho. Mesmo estando longe de meu pai e de minha terra. Mesmo que o dinheiro esteja acabando. Mesmo morando em um apartamento minúsculo no barulhento centro do Rio de Janeiro. Mesmo que Karol não seja Aline.

— O QUE É ISSO?

— É paio. Um embutido feito à base de lombo de porco.

— E isso?

— É a orelha do porco, Antonello. Tem também o rabo, a pata, o lombinho...

— Hm. Só mais uma pergunta, Karol.

— Fale.

— Quando é que você vai me chamar de Toni, como todo mundo?

— Eu lá sou todo mundo? Sirva-se de uma vez, você está trancando a fila.

Beijo o pescoço de Karolina e me sirvo de tudo que vejo: arroz, carnes, feijão preto, farofa, couve refogada e duas fatias de laranja. O cheiro é indescritível e o deleite é geral. Retorno à mesa onde uma caipirinha de cachaça me ajudará a enfrentar a tão famosa feijoada brasileira.

Dia 6 de novembro, belo domingo de primavera no Rio de Janeiro. Desde que Mario e Pati partiram rumo ao Nordeste, é a primeira vez que revemos Ricky e Luiz. Órfãos da Locanda del Mario, os dois uniram forças para nos encontrar. O que não foi difícil: bastou Luiz, que já conhecia mia ragazza de longa data, contactar meus sogros para descobrir nosso endereço. Daí para esta reunião foi apenas um passo. Os garotos tiveram a ideia de convidar Desirée, a irmã de Karol. Já a sugestão da feijoada foi minha. Em quase um ano de Brasil ainda não havia experimentado a lendária iguaria.

— E aí, Tenente? Está de lamber os beiços, não é mesmo?

Com a boca cheia, sorrio para a pergunta de Ricky. Sinto minha testa começar a suar neste dia em que o sol parece estar ensaiando para o verão. Bebo um gole de caipirinha e tento não ouvir a barulheira ao redor. Risos, cantoria, samba com batuque em caixinha de fósforo. Neste bar do bairro da Glória, em meio a talheres tortos, mesas sujas e cadeiras enferrujadas, só tenho olhos para a maravilha em meu prato. Gastronomicamente, o brasileiro é como aquelas pessoas que têm fetiches masoquistas. A feijoada nada mais é do que uma violência contra si mesmo. O sistema digestivo sofre para processar a despudorada mistura de ingredientes sem sentido. E que maravilhosa aberração culinária!

Quando dou a última garfada, estou encharcado de suor. Olho em volta e percebo que não sou o único. Apenas Karolina permanece incólume, sempre fresca e alinhada. Eu a observo enquanto ela calmamente limpa a boca com um guardanapo. Minha namorada é sempre uma estranha em qualquer ambiente. Sorrimos um para o outro, alheios à divertida disputa de galanteios que Ricky e Luiz travam por Desirée. Apesar de nunca ter decifrado Karol e dela até hoje não saber o real motivo que me trouxe ao país, podemos dizer que vamos muito bem.

— Ei, Toni... olhe, na televisão! Estão falando da Itália!

Luiz aponta para o pequeno televisor sobre o balcão e abro um largo sorriso. Na tela preta e branca mal sintonizada a imagem de um apresentador de telejornal com um mapa da Itália ao fundo. Nos últimos tempos tenho me sentido cada vez mais saudoso de minha terra. Animado pelo sol, pela bebida e pelo doce da laranja em minha boca, peço a um desconhecido sentado ao lado do aparelho para aumentar o volume.

... caos nas ruas da cidade italiana de Florença. Há dois dias, uma das mais belas cidades da região da Toscana sofre com a maior enchente de sua história. Após incessantes chuvas o nível do Rio Arno subiu mais de dez metros. As águas invadiram a cidade, atingindo pontos turísticos, igrejas e obras que remontam à época do Renascimento. Milhares de pessoas estão desabrigadas e o governo declarou estado de emergência. E essas foram as notícias internacionais. Agora, futebol: o Fluminense hoje enfrenta...

Apesar da barulheira ao redor prosseguir, um clima pesado paira sobre nossa mesa. Luiz faz um sinal ao desconhecido ao balcão, que baixa o volume da tevê. Ricky, por sua vez, tem uma atitude rara: fica calado. Desirée somente me observa, o semblante comovido. Enquanto Karolina aperta minha mão, preocupada. Eu apenas olho para meu copo de caipirinha vazio. E sinto o amargor do limão em minha boca.

JK. Que estranha homenagem ao presidente que idealizou a construção da capital do Brasil. Um homem de grandes obras, me foi dito. Em compensação, no tipo de imóvel que leva seu nome, todos os espaços são acanhados. Mesmo assim o minúsculo apartamento que alugamos é uma singela joia. Karolina faz o melhor que pode para transformar o lugar em um lar. Apertados no diminuto sofá, escutamos música no rádio, presente de seus pais pela mudança.

Quer dizer, Karol escuta. Não consigo deixar de me sentir um desertor. Preocupado não apenas com meu pai e amigos, mas também com Firenze em si. Como se minha cidade fosse um ente querido, precisando de mim.

— Você não disse nada o dia todo, Antonello.

— Hm?

— Você está assim desde ontem, quando viu aquela notícia.

— É verdade. Sabe, estive pensando, Karol...

— Você quer voltar para a Itália.

— Bem, é, mais ou menos...

— Não se preocupe. Eu entendo.

— Veja bem... estou preocupado com meu pai. Fiquei triste em ver minha cidade daquele jeito. Se estivesse em Firenze, talvez pudesse ajudar em alguma coisa... daqui de longe é difícil saber o que acontece por lá. Quer dizer, eu...

— Entendo perfeitamente, Antonello.

— Entende mesmo?

— Claro.

— E não se importa?

— Não.

— Não vai nem sentir minha falta?

— Claro que não. Vou com você.

— Cosa?

— Também andei pensando.

— Você está louca? Você tem seu trabalho aqui.

— Meu trabalho é o mesmo que o seu. E não dou a mínima para ele. Além do mais, garanto que não será nenhum sacrifício para você pedir demissão para o senhor Peixoto.

— Mas e sua família, Dio Santo?

— Meus pais me conhecem. Acho que sempre imaginaram que um dia eu partiria para algum lugar distante, que cairia no mundo. Até torcem por isso. Estão satisfeitos por eu estar com alguém, já que nunca fui tão apegada a eles quanto minha irmã. Tudo o que eles querem é me ver feliz. E sou... é, sou feliz com você, Antonello.

— E você vai deixar seu país assim, de repente?

— Não foi o que você fez?

— Você não está raciocinando, Karol, isso tem que ser planejado, estudado... as coisas não funcionam desse jeito... escute, eu também estou feliz ao seu lado. Mas nem decidi se é hora de voltar e você vem com essa... fiquei abalado com a notícia, è vero, mas as coisas não funcionam assim.

— Você já disse isso, Antonello. Como as coisas funcionam então?

— Você não está raciocinando... você precisa...

— Escute. Você quer ir para casa, certo?

— Certo...

— Então vá.

— Mas...

— Mas eu vou com você, Toni.

Dia 18 de dezembro, fim de tarde. Sinto uma brisa de verão acariciar minha pele e penso no rigoroso inverno que nos aguarda. Do enorme convés, vemos o cais do Rio de Janeiro se distanciar com o suave movimento do navio. Assim como Karolina e eu, o sol também inicia sua trajetória mundo afora. A diferença é que amanhã ele estará de volta. Já eu, com nostalgia antecipada, imagino que esta é a última vez que verei o Cristo Redentor.

Do deque, ainda é possível distinguir a visão de todos que vieram se despedir. Pais, irmã, familiares de mia ragazza. Todos emocionados e ao mesmo tempo felizes por Karol. Abano uma última vez, sem saber se ainda nos veem. Ela segue imóvel ao meu lado, abraçada em mim. Ao redor todos já fizeram suas despedidas e se recolheram às suas cabines. Junto de nós, apenas um homem escutando um pequeno rádio de pilhas. Ele mantém o objeto colado ao ouvido, buscando compreender algo em meio à estática.

Assim como em Porto Alegre, o retorno para casa ocorre em um meio de transporte melhor do que o utilizado na ida. De carga a passageiro. O velho Gennaro ficará orgulhoso. Afinal, retorno com dinheiro sobrando, uma carta de recomendação do chef Mario Prandelli e, acima de tudo, um pedido de perdão da família de mamma. Volto com a mala cheia de conquistas. Apesar de nenhuma delas ser a que vim buscar.

Ouço um chiado. O homem do radinho chacoalha seu aparelho, como se isso fosse capaz de melhorar a transmissão. Ao que parece ele tenta acompanhar uma partida de futebol. Olho ao longe e já é impossível ver as pessoas que ficaram no cais da Baía da Guanabara. Primeiro porque já estamos em alto-mar. Segundo porque elas já devem ter se dispersado, voltando às suas vidas. Me pergunto se Aline não estaria próxima ao porto neste momento. Com o tempo fui desistindo de procurá-la. Enquanto o Rio de Janeiro se tornou cada vez mais familiar, la Bruna parecia cada vez mais difícil de encontrar. Pouco a pouco minhas buscas por pistas foram rareando, meu ímpeto diminuindo. Saídas furtivas, caminhadas escondidas, que ocorriam de três a quatro vezes por semana, começaram a acontecer apenas uma ou duas vezes por mês. Porém até hoje jamais deixei de vê-la em cada morena que passou por mim. Assim que penso nisso, Karol me abraça mais forte, e não deixo de sorrir. Diabo de mulher que parece ler a minha mente. Envolvo-a em meus braços, protegendo a ambos do frio. A cabine classe econômica nos aguarda, mas permanecemos aqui, em silêncio, com o barulho das ondas e do radinho a enlevar nossos pensamentos.

— É gol!

O homem ao nosso lado solta um grito e não consegue conter uma gargalhada. Karolina não se abala, como de costume. Eu sorrio para ele e puxo assunto.

— Que partida é essa, amigo?

— É a final do Campeonato Carioca.

— É mesmo? Quem joga?

— Flamengo e Bangu.

Perplexo com a presença do pequeno time na grande final, passo a rir junto ao desconhecido.

— E quanto está a partida?

— Está no finalzinho, e o Bangu acaba de fazer mais um. Três a zero! Incrível! O Bangu é campeão!

O homem, provavelmente torcedor de algum dos outros times cariocas que não participam da partida, se afasta contente. Enquanto o som do rádio se torna cada vez mais distante, percebo Karolina a me fitar, seus grandes olhos me fustigando de maneira silenciosa. Lentamente baixo meu olhar em direção ao seu. Mia ragazza apenas aguarda, o rosto voltado para mim. Quando nossos olhares se encontram, ela sorri com os lábios fechados, erguendo uma das sobrancelhas. Nos encaramos por alguns instantes e então nos voltamos mais uma vez para o mar, calados e abraçados. Sozinhos no amplo convés do navio que ruma à Itália.

Piso no último degrau e puxo a pesada mala. Seco o suor do rosto com a manga da camisa e sinto meus cabelos molhados grudarem à testa. Mais sujo do que eu, apenas a cidade que encontrei ao chegar. Olho para a porta e, enquanto procuro as chaves nos bolsos, arrasto a surrada bagagem para perto da entrada do apartamento. Após quase duas semanas de viagem, enfim em casa.

Hoje é o penúltimo dia de dezembro. Mas apesar da véspera de ano-novo, Firenze não vive clima festivo. A enchente ainda dói na alma do povo fiorentino. Passados quase dois meses da violenta invasão das águas do Arno, as marcas da catástrofe ainda são visíveis. Seja nos olhos dos desabrigados nas longas filas por alimento, seja nas paredes dos edifícios, onde o nível da água enlameada demarca as fachadas.

Karolina não pareceu chocada com o panorama. Ou ao menos não demonstrou. Na chegada apenas um contido comentário sobre o Duomo, quando o vimos da janela do trem. "Que bonito", disse ao vislumbrar sua cúpula. Dali em diante, mia ragazza falou pouco até nos instalarmos em um pequeno hotel próximo à estação. Sem perguntas, acatou a ideia de descansar enquanto eu viria sozinho para San Iacopino ver se as coisas estão em ordem. Foi como se compreendesse que Firenze e eu precisávamos de um momento a sós. E sabe-se lá em que estado encontrarei meu pai e o apartamento.

Coloco a chave na fechadura e a porta responde com um rangido familiar. Sorrio enquanto entro em meu velho lar. Como não poderia deixar de ser, Gennaro não está em casa. A ideia de retornar sem avisar seria uma bela surpresa, não fosse o fato de babbo passar mais tempo dentro da garrafa do que do apartamento.

Olho em volta e a casa parece limpa. Ou apenas não está suja como de costume. A mesa está coberta por papéis e uma fina camada de pó. Na pia, nenhuma louça para lavar. As paredes seguem encardidas como sempre e a bebedeira da noite anterior deve ter sido forte, já que as janelas estão lacradas. Abro uma delas e um vento gelado invade o recinto. Só então percebo que ambas as camas estão arrumadas.

Volto ao corredor e trago a mala para dentro, fechando a porta. Sinto um calafrio e abro o armário em busca de um blusão. Minhas roupas estão exatamente do jeito que as deixei. Visto uma peça de lã puída e sento em minha cama. Correndo os olhos ao redor, vejo um envelope sobre a cômoda ao lado da cama de babbo. É minha carta, a única que enviei durante estes meses de Brasil. Pelo amassado do papel, concluo que a correspondência foi lida. Possivelmente mais de uma vez. Fico feliz.

Resolvo sair, já que meu pai não tem hora para voltar. Uma caminhada pelo bairro, talvez fazer compras no mercado. Penso em preparar uma pizza para apresentar Karolina e mostrar meus novos dotes ao velho. Amanhã, quem sabe, convido a todos para uma grande ceia de ano-novo. Nicola, mamma Nicoletta, signor Camerino, chef Duccio... tutti.

Porém, antes de sair porta afora, percebo algo estranho. Com a pouca luminosidade que havia quando entrei, não reparei em algo muito singular: dois singelos envelopes dispostos lado a lado, perdidos em meio à papelada empoeirada sobre a mesa. Em cada carta, apenas uma palavra escrita em seu exterior. Pego-as, cada uma em uma mão, e uma sensação de vertigem toma meu corpo.

O primeiro envelope diz "Gennaro".

O segundo, "Aline".

Sem pensar duas vezes, abro o segundo.

Toni,

Queria muito que você estivesse aqui. Ou estar com você quando esta mensagem chegar às suas mãos. Olho para o papel e não encontro uma maneira menos dolorosa de escrever esta carta.

Seu pai faleceu. Enquanto escrevo, não consigo conter as lágrimas. Imagino que esteja se perguntando que diabos faço em seu apartamento, me intrometendo em sua vida mais uma vez. Me faço as mesmas perguntas.

Há três dias desembarquei em Florença. O fato é que, apesar das coisas que lhe escrevi, não suportei a saudade. Mas o que deveria ser uma surpresa se tornou um pesadelo. Tente imaginar meu desespero ao descobrir que você estava no Brasil. Nicola ficou tão comovido com o desencontro que prometeu ajudar, tentando entrar em contato no endereço de onde você estaria no Rio. Me vi perdida. Então procurei seu pai.

Quando apareci aqui, ele me reconheceu imediatamente. Apesar das tremedeiras e do olhar vago, parecia bem disposto e até tentou falar português. Foi senhor Gennaro quem sugeriu que saísse do hotel em que estava hospedada e ficasse aqui, ocupando a cama que você deixou. E assim foi, enquanto Nicola o procurava. Por duas noites fizemos companhia um ao outro, conversando sobre você. Na última madrugada, nossa conversa terminou comigo prometendo que faria você feliz. Ele pareceu realmente grato.

Até a manhã seguinte. Logo cedo seu pai teve fortes dores de cabeça e começou a delirar, dizer coisas desconexas. Gritei por socorro e um vizinho me ajudou a levá-lo ao hospital. Durante o percurso senhor Gennaro pediu que eu escrevesse algo a você. Foi ele quem ditou a mensagem que você já deve ter lido na outra carta. Apesar do estranho texto, escrevi exatamente o que me foi dito. Estas foram suas últimas palavras. Logo após ele entrou em coma. E no fim do dia, faleceu. Ao que parece, foi um derrame.

O enterro aconteceu na manhã de hoje. Pelo que Nicola descobriu, o restaurante em que você estaria no Rio não existe mais. Só Deus sabe por onde você anda. Então só me resta ir embora. Apesar de não cumprir o que prometi ao seu pai, considero o que aconteceu um sinal para nos afastarmos de vez. A verdade é que sempre soube que deveria ser assim.

Em meio às lágrimas, agora sorrio. Espero que não se importe, estou levando comigo um souvenir. Um velho livro de poesia que seu pai tirou do armário e me deu para folhear no primeiro dia, para passar o tempo. Apesar do italiano difícil, lembro de ter entendido especialmente uma frase, de um poeta chamado Francesco Petrarca. Perdoe minha tradução, mas dizia mais ou menos assim: "As duas cartas de amor mais difíceis de escrever são a primeira e a última". Imagino que essas palavras nunca tenham feito tanto sentido. Jamais pensei que um dia poderia redigir uma mensagem ainda mais difícil do que a anterior. Cartas de amor, pelo visto, não são o meu forte.

Seja feliz, Toni. Foi assim que encerrei o último texto, lembro bem. E não existe forma melhor para terminar nossa história.

Aline

Florença, 16 de agosto de 1966.

Uma nova rajada de vento frio me desperta de meu torpor. Só então percebo que os primeiros tons escuros começam a tomar conta do céu, jogando o apartamento novamente na penumbra. Como se fosse uma relíquia, seguro o bilhete onde se lê "Gennaro" e caminho até a janela aberta. Sinto um remorso duplo a estocar meu peito. Primeiro por não conseguir chorar a morte de meu pai. Segundo por ter aberto a carta de Aline antes.

Observo o envelope fechado. O nome de babbo está escrito com a letra dela. Assim como tudo que me aguarda no papel ali dentro. Tento imaginar o dia em que todas essas palavras foram escritas, aqui mesmo onde estou. Sozinho no velho apartamento, quase sinto a presença dos dois. Não consigo imaginar o que meu pai teria para me dizer em seu derradeiro momento. Antes de ler a carta que responderá a esta questão, me pergunto o que eu diria a ele em seu lugar. Tento lembrar do que lhe disse na última vez em que o vi, no embarque para o Brasil. Não consigo.

Com as entranhas geladas e os músculos enrijecidos, abro o envelope e puxo a folha contida nele como se fosse um documento frágil e precioso. Seu texto é curto, feito de frases soltas. Leio tudo com vagar, como se degustasse cada palavra.

Nesse instante, mais uma brisa entra pelo velho apartamento. Em vez de frio, o sopro é morno e suave. E tão inesperado quanto o vento ameno que irrompe o recinto, um sorriso surge em minha face. Num alívio, deixo as lágrimas percorrerem meu rosto. Escorado na janela diante dos edifícios amarelados de San Iacopino, me permito chorar, enquanto seguro o papel com as últimas palavras de meu velho pai.

É uma receita de ribollita.

1969

Convicta, ela vem em minha direção. Por quanto tempo esperei por este momento? Tempo demais. Todos os músculos do meu corpo parecem participar do sorriso que estampo no rosto. Enquanto acompanho sua trajetória, lembro de mio vecchio babbo. Imagino o quanto está feliz por mim, onde quer que esteja. Suavemente ela vai parando, até ficar tão estática quanto eu. Apenas nós dois inertes, em meio à animada multidão. Eu na arquibancada, de pé em meu lugar atrás das traves. Ela, aninhada à rede. Dentro do gol adversário.

Não resisto e me entrego ao frenesi que toma conta dello stadio. Dois a um sobre o Varese, última partida do Campeonato Italiano. Apesar do título assegurado na rodada anterior, em jogo fora de casa, ainda faltava a comunhão entre time e torcida. A cada gol, um êxtase. Mesmo quando marcado pelo outro time. Não importa. Hoje é um dia para recordar: 18 de maio de 1969. Após quase quinze anos de espera lo scudetto è nostro un'altra volta! Fiorentina campione della Italia!

Nicola salta ensandecido, abraçado em duas desconhecidas. Meu amigo é a representação da alegria. Nem sombra daquele ragazzo pesaroso que encontrei em meu retorno há quase três anos, abatido por ter de receber o melhor amigo com a notícia da morte de seu pai. Tal era seu desalento ao me rever que parecia que o órfão da história era ele.

Frank me olha com lágrimas. Lacrime di felicità. Bem diferente das que verteu enquanto contava sobre o enterro de mio babbo. Sobre o coma, a vigília ao lado de uma mulher na qual prometi nunca mais falar a respeito. Lembro do aperto no peito que senti ao saber do diagnóstico médico. Segundo il dottore, meu pai teve diversos coágulos no cérebro, de diferentes tamanhos, antes daquele que seria fatal. Apesar de não ser possível determinar com precisão, o velho pode ter tido inúmeros pequenos derrames ao longo dos anos, sem que nem ele nem eu suspeitássemos disso. Lesões cerebrais que pouco a pouco minaram seu corpo e mente. Somando-se a isso um quadro de depressão e alcoolismo, o resultado só poderia ter sido uma década de sobrevivência por mera teimosia. Se tudo foi culpa da morte de mamma, se eu poderia ter feito algo para salvá-lo, se... hoje não. Não é dia para isso. Não é o que ele gostaria.

Uma pena que a teimosia de meu pai não tenha durado um pouco mais. Ele teria gostado de Karolina. Apesar do jeito quieto, la ragazza se adaptou rápido à Itália. Assim que nos mudamos para o apartamento em San Iacopino, ela tratou de transformar o ambiente pálido em que vivi por tantos anos em um verdadeiro lar. Hoje é impossível reconhecer o imóvel. Das cortinas amarelas à enorme cama de casal, das paredes pintadas em cores vivas aos enfeites espalhados por todos os lados, cada detalhe remete ao olhar de una donna. Como se tudo que ela tocasse se tornasse limpo e organizado. Tudo que ela olha com aqueles olhos enormes se transforma. Sou o maior exemplo disso.

Babbo também teria gostado de conhecer nonno Floriano. Nunca esquecerei o dia em que busquei meu avô nella stazione. Antes mesmo de descer do trem, ele já chorava, amparado por prima Daniele. Faltaram lenços para tantas lágrimas na visita ao verdadeiro túmulo de sua filha. Tanto para ele quanto para mim. Acho que fazer trinta anos me tornou emotivo.

— Siamo campioni, Toni! Lo scudetto è nostro! Avanti, Violaaaaa!

Solto uma gargalhada e abano para Nicola, que corre pelos degraus da arquibancada abraçado em um velho tão embriagado quanto ele. Ambos com os lábios mais roxos que o uniforme da Fiorentina, tamanha a quantidade de vinho ingerido. Frank ainda não sabe, mas estou de partida mais uma vez. Meu destino agora é Roma. Duccio, que me acolheu como assistente no Giubbe Rosse em meu retorno, me indicou para estudar com o renomado chef Carlo Bortolotti em uma das mais prestigiadas academias culinárias da Itália. Não posso desperdiçar a oportunidade nem os patrocínios de nonno Floriano e do interminável signor Camerino. Como contar ao meu melhor amigo? Bem, hoje não. Siamo campioni.

Karol, como sempre, está pronta para mais uma mudança. Jamais reclama, não tem caprichos. Vai a Roma com a mesma naturalidade com que saiu do Brasil. Ela é incrível. Nunca cobrou casamento, sequer cogitamos a possibilidade. Estamos bem assim. Dizem que a Itália vive uma crise, que há atentados terroristas no norte, miséria no sul... que os tempos são difíceis. Mas quando é que não são, non è vero? O importante é que estamos felizes. Ainda mais neste momento em que todas nossas atenções estão voltadas para...

— Toni, la Viola è molto grande! È il amore della mia vita! Ti amo violina carina, forza, forza, forza!

Nicola me desperta de novo, mas desta vez ele não é o único: o stadio todo ruge. É gol da Fiorentina. O terceiro sobre o adversário sem forças para estragar a festa. Ergo os braços e canto com a torcida. Em meio à felicidade geral tento lembrar de algo. Algo importante em que pensava. Ah, sim. Agora todas nossas atenções estão voltadas para a mais bela de todas as surpresas: Karol está grávida. Segundo o médico, já são dois meses de gestação. Ao que parece tudo vai bem com o bebê, apesar de ainda não ser possível saber o sexo. Mas com aquele seu olhar indecifrável, mia ragazza diz ter certeza de que será uma menina. E há muito tempo aprendi que não se deve discutir com ela.

Una bambina fortunata! Virginia chega junto com o scudetto. Se continuar assim, trazendo sorte ao seu pai, certamente a Itália será campeã da próxima Copa do Mundo. Avanti, squadra azzurra!

1973

— Bravo, Toni!

— Grazie, signor Bortolotti.

Os demais alunos me olham com admiração quando o professor elogia meu foie gras. Por mais que a gastronomia seja um terreno fértil para invejas e intrigas, a turma é unida. Com sinceridade, após quase quatro anos de curso, desejo sucesso a cada um de meus colegas. Tudo o que quero é me formar, pegar meu diploma e poder voltar para casa com Karol e nostra figlia. Firenze e, quem sabe um dia, meu próprio ristorante me esperam.

Entrego mais um prato enquanto os garçons correm carregando garrafas de vinho da melhor qualidade. A noite é de alegria, mas também de aplicação. Faltando menos de um ano para a formatura, este jantar é como um exame extraclasse. Mais do que isso: é uma prova de confiança do chef em seus pupilos. Sob sua batuta, preparamos o banquete de fim de ano do Partido Democrata Cristão. Ou seria o Socialista? Nunca sei. Esse tipo de conhecimento sempre deixei a cargo dos engajados estudantes profissionais, apreciadores de uma boa passeata.

Na cozinha industrial de uma das maiores mansões de Roma, signore Carlo Bortolotti mantém a habitual tranquilidade. Sempre sorridente e sereno, ele difere muito da maioria dos dramáticos chefs que já conheci. Mais do que um cozinheiro, o homem é um verdadeiro maestro, conduzindo seus alunos como se fossem músicos em uma afinada orquestra de panelas. Magro, alto, cinquenta e poucos anos, cabelos negros e bagunçados sob o chapéu branco, seria um homem comum não fosse o enorme e aguçado nariz. Sempre o observei com admiração. Talvez por esse motivo, signor Bortolotti tenha se afeiçoado a mim. O fato de eu ser o aluno mais velho da turma também pode ter ajudado. Com trinta e cinco anos, sou como um ancião diante de colegas cujas idades variam entre os vinte e trinta anos.

— Toni! Aiuta i camerieri, caro.

O chamado do mestre me desperta e volto minha atenção aos garçons. Todas as entradas já foram servidas e ao que parece a demanda por vinhos é maior que se esperava. No curso não aprendemos apenas a cozinhar, mas também a servir e a organizar um evento em todos os seus detalhes. Por já ter trabalhado em diversas áreas no Giubbe Rosse, o chef sabe que pode contar com minha experiência em todas as frentes. Logo me apresso em vestir um colete de garçom. Esta noite precisa ser perfeita aos olhos do professor. Graças ao seu prestígio pessoal, sua turma serve os homens mais influentes da Itália. Babbo e signor Duccio ficariam orgulhosos de mim se ainda fossem vivos.

Saio da cozinha carregando uma reluzente garrafa de vinho Montelpuciano di Abruzzo, safra 1966. Um bom ano, sorrio para mim mesmo. Com destreza, desfilo pelo carpete vermelho do majestoso salão. Entre os convidados, somente a nata da política italiana. O termo reflete bem o modo como as pessoas veem esses senhores de ternos bem cortados e grossos charutos à boca: para alguns, a melhor parte do leite. Para a maioria, o refugo.

Os garçons se espalham estrategicamente, atendendo

com agilidade às sedentas autoridades. Algumas mesas parecem mais ávidas por vinho do que outras. E isso depende mais da animação das convidadas do que dos convidados. A mim esses homens parecem todos iguais, variando apenas o bigode e as cores do partido. Mas é fácil perceber onde estão sentados os políticos mais importantes: quanto mais belas as acompanhantes de luxo, mais poderosos os donos da mesa. Pelo que percebo, nada de esposas nessa animada confraternização. Apenas as de aluguel.

— Vino, signore?

— Si, per favore.

Sirvo com presteza um senhor gordo de bigodes amarelados. Sou generoso na dose. Sempre sou quando dizem per favore.

— Vino, signorina?

— Si!

Ah, quem se importa? A ruiva de opulento decote é belíssima, e pouco interessa se pede per favore. Ela ri para mim, brandindo sua taça. A noite mal começou e as alegres prostitutas já parecem todas embriagadas, a flertar com os garçons. Com desfaçatez, la donna de cabelos vermelhos afaga a nuca de seu patrocinador enquanto me dá uma piscadela. Em outros tempos eu arquitetaria uma escapada e explicaria a ela o plano com um furtivo bilhete escrito em um guardanapo. Hoje apenas sorrio de volta e retribuo a piscada, encerrando o flerte por aqui. Que mal há?

Encaminho a garrafa para a outra amante de luxo da mesa. Sempre pela direita, como manda a etiqueta. Desta vez abordo uma loira com uma longa cigarrilha em punho, que gargalha de costas para mim. Seus ombros expostos pelo vestido negro quase me tiram a concentração. Mas hoje é uma noite especial e nada pode dar errado. Focado, apresento a bebida e faço a pergunta em alto e bom som.

— Vino, signorina?

— Vino sempre!

Ainda gargalhando, a loira se vira para mim. Porém ao ver meu rosto ela empalidece. Já eu, num ato reflexo, apenas sirvo sua taça. E sinto meu sangue mais frio do que o vinho que derramo no refinado cálice de cristal.

Ficamos em silêncio, olhando um para o outro, em meio ao tilintar de taças, risos e barulheira distantes. Eu em pé, rígido, garrafa em mãos. Ela sentada, inerte, segurando sua taça. Sinto a boca seca e tenho impressão de que meus batimentos cardíacos cessam. Com um fiapo de voz digo apenas uma palavra.

— Aline?

Não consigo me ouvir, mas ela parece ler meus lábios. Apesar disso nada responde. Apenas olha para os lados discretamente. Faço o mesmo, sem saber por quê. Quando retorno meu olhar à mesa, ela já está se levantando. Com um gesto carinhoso, a loira afaga os poucos cabelos do velho sentado junto de si. Ao ouvido do homem diz algo ininteligível. Tudo que consigo ouvir é a resposta, dita como uma cusparada em minha cara:

— Va bene. Ci vediamo un'altra ora, Sabrina.

"Tudo bem... Nos vemos outra hora, Sabrina". As palavras do homem reverberam em meu peito. Seguro a garrafa de vinho com as duas mãos, como se fosse seu pescoço. Enquanto isso la donna dá as costas para mim e caminha em direção à porta que dá acesso ao jardim. Por um instante ela olha para trás e faz um leve aceno com a cabeça, indicando para segui-la. Me pergunto como faz para permanecer calma. Respirando fundo, caminho atrás dela, mantendo distância e sanidade a níveis seguros. Colado ao corpo, seu vestido preto acetinado parece a pele de uma serpente. Analiso seu caminhar, a curva da cintura a se mover sinuosamente. Olho para a bunda. É ela mesmo.

La donna segue por um caminho de pedras, penetrando o jardim como se já o conhecesse. Em silêncio a sigo com a mente em ebulição. Teria ela falado em italiano ao ouvido do velho? Quem é Sabrina? Será que me reconheceu? Passamos por uma piscina e me vejo no reflexo da água. Me pergunto se minha aparência também mudou tanto nesses anos todos.

Paramos diante de uma pequena casa, onde provavelmente se guardam os materiais de manutenção do jardim. A mulher para junto à parede e parece titubear. Iluminada pela luz azulada da piscina, ela se vira para mim. Os pelos de seus braços estão arrepiados e me pergunto se é por minha causa ou por culpa do frio. Com o semblante sério, me olha desconfiada.

— Toni, é você mesmo?

Ela ainda é belíssima. Esses quase dez anos não desfizeram seus traços, a não ser por pequenas rugas em torno dos olhos, bem escondidas sob grossa maquiagem. A cintura demarcada pelo vestido ainda é um convite às mãos. Os lábios pintados de vermelho vivo contrastam com a voz suave. Mas o cabelo loiro me assusta. O olhar acuado também. O que fizeram com la mia Bruna?

— Sou.

É tudo que digo. Com as mãos frias, percebo que ainda seguro o vinho. Me sinto idiota. Ela sorri, melancólica. Seu sorriso ainda é o mesmo. Já os olhos não têm a mesma vivacidade. Parecem cansados. Me pergunto por que sorrio de volta. Subitamente ela puxa um cartão de dentro do decote e me entrega.

— Este é o hotel em que estou hospedada. Estou indo para lá agora. Meu quarto é o 410. Assim que puder, vá ao meu encontro. Precisamos conversar.

Ao dizer estas palavras, a Aline que conheci desaparece por completo de seu rosto. Sua voz soa diferente, seca e decidida. Calado, apenas concordo com um meneio de cabeça e ela se vai, passando por mim sem me olhar nos olhos e sumindo por onde viemos. Pouco a pouco volto a ouvir meu coração bater em meio ao barulho dos insetos do jardim.

Sozinho, confiro a garrafa em minhas mãos. Ainda está pela metade. Então faço a única coisa digna a ser feita neste momento: a esvazio com um gole só.

Observo as águas inacreditavelmente azuis da Fontana di Trevi e me sinto em um filme de Fellini. A famosa fonte composta de diversas estátuas de mármore parece estar como na famosa cena de *La dolce vita*: vazia e à espera de Marcello Mastroianni e Anita Ekberg. Apesar do céu estrelado, poucos se atrevem a andar pelas ruas de Roma nesta gelada noite de dezembro. Dentro do táxi, com o olhar voltado à janela, assopro minhas mãos na tentativa de aquecê-las com hálito quente. Mas é difícil acreditar que qualquer tipo de calor possa sair de dentro de mim, tal o frio que sinto em minhas entranhas.

Frio. Palavra que descreve bem meu comportamento nas últimas horas. Se esta noite realmente representou uma prova, foi a de que me tornei um homem responsável. Da entrada à sobremesa, cada garfada dos convivas parecia uma eternidade. Porém, nada poderia dar errado diante de nostro maestro Bortolotti. Com a mente em chamas, atendi cada mesa, cada pedido, respirando fundo e torcendo para que fosse o último. O tempo todo, tudo o que eu queria era jogar meu avental ao chão e ir atrás dela.

Incredibile... Após tantos anos de procura, finalmente a encontro. Não quando menos esperava, mas quando já havia desistido de esperar. Cruzei um oceano, deixei meu pai e amigos para trás, devotei um ano de minha vida à sua busca para enfim encontrá-la em um lance fortuito. Em meu próprio país. Escondida sob outro nome e cor de cabelo.

O carro faz uma curva brusca e tento manter o equilíbrio. O taxista cumpre à risca meu pedido por uma corrida veloz. Passamos pelo cruzamento das quatro fontes representando os rios Tibre e Arno e as deusas Diana e Juno. Sinal de que estou próximo de meu destino, já que o hotel de Aline, assim como o cinema que acaba de passar diante de mim, se chama Quattro Fontane. De relance, vejo o cartaz do mais novo filme em exibição: *Amarcord*, de Fellini. Penso na primeira noite em que saí com Aline, nossa ida ao cinema em Firenze. Tento lembrar o filme que assistimos, mas não consigo.

O táxi para. Como em um sonho em que ainda não se sabe se é pesadelo ou não, simplesmente apareço diante da recepção do hotel. Não lembro de ter caminhado até aqui, como se o tempo passasse em sobressaltos. Apesar de ser quase três horas da madrugada, o homem diante de mim não parece surpreso com minha chegada.

— Benvenuto, signore. Sei Antonello?

— Si, sono io.

— La signora Bianchi vi aspetta nella camera 410.

Tudo soa como uma piada de mau gosto. Mais estranho do que Aline ter se registrado com meu sobrenome, somente ouvir alguém a anunciando como signora. Não combina com a ragazza que conheci. Nem com uma prostituta.

Entro em um dos elevadores e sua grade metálica se fecha. Aperto o botão do quarto andar e sinto o elevador subir junto com meu sangue. Por que Sabrina? Seria esse seu nome verdadeiro ou apenas sua identidade de trabalho? Impossível não lembrar de um dos primeiros papéis de Audrey Hepburn no cinema. Sabrina era o próprio nome do filme e de sua personagem. Na história, uma garota ingênua e virginal tinha seu amor disputado por dois irmãos. Isso em 1954. Sete anos depois, a mesma atriz estava em cartaz com o filme *Bonequinha de luxo*. No qual interpretava uma astuta, porém romântica prostituta, com os homens aos seus pés. Se o nome é falso, duvido que tenha sido escolhido por esses motivos. Uma pena. Ao menos a ironia seria sutil e elegante.

Com o tempo novamente passando a sobressaltos me vejo diante do quarto número 410. Em um reflexo estúpido, ajeito o cabelo com uma das mãos. Fico prostrado diante da porta e me pergunto se devo tentar abri-la ou bater.

— Pode entrar.

A voz vinda de dentro do cômodo me surpreende. Abro a porta e encontro Aline descalça, vestindo apenas um robe de branco de cetim, sentada à beira de uma cama desarrumada. Com as mãos entrelaçadas sobre as pernas, ela me olha e tenta sorrir. Mas seus olhos úmidos e a maquiagem borrada denunciam choro recente.

— Ouvi seus passos no corredor. Obrigada por vir, Antonello.

Ah, sim. Lembrei qual filme assistimos em nosso primeiro encontro no Cinema Odeon. *Le notti di Cabiria*, um dos primeiros sucessos de Fellini. Clássico obrigatório para qualquer amante do cinema. Sobre uma prostituta que, apesar das constantes desilusões vividas nas mãos dos homens, nunca desiste do amor. Na cena final, após se decepcionar com mais um cafajeste, Cabíria vaga pelas ruas de Roma a chorar, borrando sua maquiagem. No último instante da película, porém, ela olha para a câmera e sorri.

Sutil e elegante.

— Boa noite, Aline. Ou prefere Sabrina?

— Como quiser, Antonello.

— Então é assim? Ao gosto do freguês?

Aline engole em seco e responde com ironia, mas sem agressividade.

— Aline, Bruna, Sabrina... que diferença faz? Você nunca pareceu muito apegado a nomes.

Caminho em direção à janela e abro-a. Pergunto se posso fumar. Ela consente.

— Você mora em Roma ou está de passagem?

— Estou sempre de passagem. Acabo de vir de Milão.

— Há quanto tempo você faz isso?

— Tempo demais.

— Você já era uma puta quando me conheceu?

— Por favor, Toni. Não fale comigo assim.

— Você não respondeu.

— Era.

Dou as costas à mulher sentada na cama e observo as luzes de Roma. O sangue me sobe à cabeça, mas uma sensação de vazio faz o caminho inverso. Fico em dúvida se meto a mão na cara dela ou se choro. Respiro fundo e seguro os dois ímpetos.

— O que veio fazer na Itália?

— Tentar a vida. Aqui se faz muito mais dinheiro que no Brasil. Cheguei apenas alguns meses antes de conhecer você em Firenze.

— Você já sabia falar italiano quando lhe conheci?

— Um pouco... é, posso dizer que já sabia bastante.

— E o idiota aqui sempre a explicar as coisas, traduzir tudo...

— Se lembrar bem, verá que eu nunca disse que não falava italiano. Além do mais, gostava de vê-lo falar português. Era agradável flertar com você. Após receber tantos galanteios em italiano... você sabe como os italianos são.

— E a história da promoção da manteiga?

— Ah, Toni, só você mesmo para acreditar naquela história...

Lanço um olhar furioso em sua direção. Ela aperta os lábios e desvia o olhar. Permanece sentada à beira da cama, fitando as próprias mãos, como uma criança que sabe ter feito algo errado.

— Vejo que não usa aliança.

— Claro, não sou casada.

— Aquele velho à mesa com você não era seu marido?

— Esta noite, sim. Cada noite tenho um. É isso que você quer ouvir?

— Não, quero ouvir sobre la signora Bianchi.

— Adotei seu sobrenome há alguns anos. Uso apenas para me registrar em hotéis. Nada de ilegal, fique tranquilo. Espero que não se irrite por isso. Imagino que você tenha motivos melhores para se ofender comigo.

Apesar das coisas terríveis a dizer, ambos falam com ponderação, sem exaltações. Como uma disputa para ver quem é mais cruel.

— O que você fazia em Firenze quando me conheceu?

— Trabalhava. Eu, Isabel e outras meninas. Fazíamos eventos pela Toscana.

— Eventos... então esse é o nome que se dá para o que você faz?

— Mais uma vez, chame como quiser.

— Por isso eu não podia acompanhar você até a pensão quando a conheci? Havia algum cafetão a lhe esperar? Imagino que você tenha um trouxa como eu em cada cidade da Itália. Me dê os contatos. Quero fundar um clube.

Aline franze o cenho e seu lábio inferior treme, mas apenas por um instante. Assim como eu, ela se contém, apegada a algum resto de dignidade. Após breve silêncio, la donna fala.

— Você se arrepende, Toni?

— Que diferença faz? Apenas acreditei que você fosse uma garota normal.

— Eu sou uma garota normal. Tenho sentimentos como qualquer outra.

— Você é quem o cliente quiser.

— E você, para suas turistas? Não era a mesma coisa? Por que ser hipócrita? Não se envergonhe, Toni. Eu pelo menos não tenho vergonha do modo como vivo. No fim é apenas isso: um modo de se levar a vida. Só me arrependo de não ter tido coragem de lhe contar.

Aline se levanta e se aproxima, colocando uma das mãos sobre meu peito. Seus seios se insinuam sob o chambre e sinto seu cheiro. Morango com maracujá. Golpe baixo. La donna è veramente una professionale.

— Nunca mais voltou ao Brasil? — pergunto.

— Nunca. Saí de lá com vinte anos e jamais retornei.

— E a carta terminando tudo? Como você a enviou? Fui até o endereço do remetente e ninguém nunca ouviu falar de você por lá.

— Lembra de minha amiga Isabel? Foi ela quem enviou por mim. Primeiro, mandei a carta para ela, que havia retornado ao Rio no ano anterior. E ela encaminhou a você, a pedido meu. Sabia que tinha que terminar nossa história, mas não tive coragem de contar a verdade. Não quis destruir a lembrança que você tinha de mim.

— E a história de trabalhar em uma creche? Fui aos jogos do seu time, varri a cidade, procurei por todos os lados atrás de pistas falsas. Aliás, existe alguma coisa em você que seja verdadeira?

Ela olha para o chão e fica em silêncio. Parece não ter mais forças para se explicar. Sinto pena. Dela e de mim. Como ela não diz nada, prossigo.

— Perdi um ano de minha vida procurando por uma mulher que não existe.

Ela volta a me olhar nos olhos e enfim desaba:

— Eu sei! Também passei longos invernos sentindo sua falta! No início, tudo não passava de uma brincadeira. Mas depois... nunca quis lhe fazer mal. Você jamais teria entendido, então tive que desistir de você. Enviei aquela carta sem imaginar que iria atrás de mim. Eu só quis acabar com tudo dignamente, Toni. Mas não suportei a saudade e voltei a lhe procurar. Você não tem ideia do que senti quando seu amigo contou que você havia ido ao Brasil por minha causa. E o pior ainda estava por vir... a morte de seu pai, praticamente em meus braços. Aquilo me devastou. Foi aí que decidi sair de vez da sua vida. E então do nada você reaparece esta noite... como um milagre, Toni. Não vê que é um milagre nos reencontrarmos? Não vê?

Ela fala até quase perder o ar. Então finalmente se entrega ao choro. Fico imóvel, enquanto ela me abraça com força, o rosto em meu peito. Assim ficamos por um longo momento até seus olhos esverdeados me encararem mais uma vez.

— Você virou um homem, Toni. Estou orgulhosa na mesma proporção que você está decepcionado comigo.

— Então você deve estar profundamente orgulhosa.

Aline ri e não sei que cara faço. Cansado, desvio de seu olhar. A verdade é que, se me tornei digno de orgulho, devo isso a ela. E isso dói. Afinal, minha vida mudou completamente por causa dela, e a dela não mudou em nada por influência minha. Neste momento, ela parece sentir a minha tristeza. Então a loira que um dia foi Bruna passa a mão em meus cabelos. E beija minha boca, deixando cair o seu robe.

Diz-se que houve uma vez, naqueles tempos em que os animais falavam, que um escorpião desejava atravessar um rio. Mas obviamente ele não conseguiria cruzar as águas sozinho. Foi quando teve a ideia de pedir ajuda a um sapo, que se preparava para o mesmo trajeto. "Por favor, leve-me em suas costas", teria dito o primeiro. "De jeito nenhum, você vai me picar", negou-se o prudente batráquio. Ao que o escorpião respondeu: "Se lhe ferroar, nós dois afundaremos e morreremos". Diante da lógica irrefutável, o sapo aceitou o pedido e juntos iniciaram a jornada. Porém no meio da travessia o carona fincou-lhe o ferrão. Enquanto ambos afundavam para a morte certa, o anfíbio teria perguntado: "Por que você fez isso?". A resposta do escorpião foi tão singela quanto melancólica: "Porque esta é a minha natureza".

Olhando a mulher ao meu lado, lembro desta fábula dos tempos de escola. La favola della rana e dello scorpione. Aline, ou seja lá quem for, dorme um sono profundo, provavelmente sonhando. Levanto da cama e recordo da conversa desta madrugada. Ela dizendo "no início, tudo não passava de uma brincadeira. Mas depois... nunca quis lhe fazer mal". Il marpione italiano e la prostituta brasiliana... parece uma fábula. Me pergunto quem é o escorpião e quem é o sapo. E acho que sei a resposta.

— Toni? O que está fazendo?

— Me vestindo. Tenho que ir.

— É cedo, volte para a cama. Não são nem nove horas...

— Na sua profissão, talvez seja cedo mesmo.

— Toni... fique comigo. Per favore.

Tento não olhar em direção à cama. Ela está nua, espreguiçando-se entre as cobertas bagunçadas. Incrível como seu corpo mudou pouco. A maior diferença está no cabelo. Não apenas na cor, mas também em sua textura: mais espesso, provavelmente devido às sucessivas tinturas. Aline está quase toda descoberta, alheia ao frio da manhã. Preguiçosa como uma adolescente. Ou ardilosa como uma cortesã.

— Ti vedrò ancora?

Ela pergunta se me verá novamente. Não gosto quando fala em italiano. Finjo não escutar, enquanto visto o sobretudo. A loira tenta parecer natural, como se os últimos dez anos tivessem sido um detalhe banal. Após fazer amor na madrugada e adormecer abraçada em meu corpo, sua pele brilha à luz do sol da manhã. La donna já não guarda nenhum resquício do bronzeado do qual tanto se orgulhava. Hoje parece feita de uma espécie de mármore róseo. Já eu, que não dormi em nenhum momento, pareço um pedaço de madeira oca.

Observo sua mala aberta próxima à cama. Lingeries de infinitas rendas se misturam a extravagantes vestidos. Praticamente um arsenal. Ou uma caixa de ferramentas, pronta para o ofício. Ela percebe meu olhar voltado à bagagem, mas não diz nada. Sem convicção, caminho em direção a ela e levo as mãos aos bolsos. La donna me olha, como quem está disposta a acatar qualquer coisa que eu venha a fazer ou dizer. Então tiro minha carteira do bolso e saco quase todo dinheiro do pagamento pelo trabalho no jantar de ontem, fazendo um maço com as cédulas. Largo a quantia sobre o criado mudo ao lado do colchão. E neste instante ela percebe que não está tão disposta assim a acatar qualquer coisa.

— Toni, não faça isso comigo.

A observo por um último instante. Tento ser tão frio e seco quanto a manhã que se inicia.

— Adeus, Sabrina.

— Por Deus, Antonello... não faça isso! Olhe para você! Um homem feito, não mais um vagabundo, aquele garoto perdendo tempo pelas ruas... não fosse por mim, é possível que estivesse até hoje caçando turistas em Firenze!

— Devo pagar algum adicional por isso?

Dou-lhe as costas e sigo em direção à porta. Porém antes de sair ainda a ouço mais uma vez. Com assustadora mágoa e voz embargada, ela fala como se rogasse uma praga. Ou lançasse uma profecia.

— Sabe... sempre me perguntei se um dia você me perdoaria se descobrisse a verdade. Depois desta noite, do jeito que me beijou, tenho certeza que sim. Só não sei quanto tempo irá levar. Meses, quem sabe anos. Talvez me perdoe no exato instante em que cruzar esta porta. A questão agora é outra: quando é que eu vou perdoar você?

Parado diante da saída do quarto, de costas para ela, algo parece segurar minhas pernas e amordaçar minha boca. Tanto rancor e tristeza percorrendo meu corpo e nenhuma palavra, em português ou italiano, capaz de expressá-los. Ao que parece, Aline imaginou este encontro muitas vezes em sua mente ao longo dos anos. As palavras lhe fluem com mais facilidade.

— Não se preocupe. Sei bem o que é viver com remorso. Um dia eu vou perdoar você também, tenha certeza. E quando o fizer, talvez apareça em Firenze. Per mangiare una pasta, nel tuo proprio ristorante. Quem sabe? Como já disse outras vezes, seja feliz, Antonello.

Saio e deixo a porta se fechar sozinha atrás de mim. Fico parado no corredor, sem saber para onde ir. Então inspiro profundamente e tento me orientar. Mas logo levo um susto com um barulho de vidro quebrando, vindo de dentro do quarto. Sinto um ímpeto de entrar de volta no cômodo, mas me contenho. Apenas chego mais próximo à porta, tentando escutar o que se passa. Ouço ela chorar e sinto uma fisgada no peito. A cada soluço abafado, meus olhos são tomados por lágrimas. Me acho perverso por ter feito o que fiz, dito as coisas que disse. Mais uma vez quero abraçá-la. Sentir seu cheiro.

Solto todo o ar dentro de mim com um longo sopro. Ainda ouço ela se lamentar. Porém não compreendo seus gemidos. Então me afasto da porta, incapaz de seguir testemunhando seu sofrimento. Fico paralisado a observar a maçaneta, com os dedos das mãos a mexerem-se nervosos. Vejo meu reflexo no trinco dourado, minha cabeça distorcida, enorme sobre o corpo, pesada como minha consciência. Súbito, desvio o olhar. E decido fazer a única coisa justa a ser feita. Com passos rápidos, como quem tem medo de mudar de ideia, me encaminho à saída do hotel.

Mais uma vez a sensação que tenho é de estar em um sonho. Enquanto caminho, ruas e vultos passam por mim como um borrão. Mais uma vez a sobressaltos, vou de uma lembrança a outra, da Piazza della Reppublica à Praia de

Copacabana, da Itália ao Brasil, de invernos a verões. Retalhos de um filme mal editado. Após quase um quilômetro, chego à Piazza Spagna e me vejo perambulando por entre variadas lojas de roupas e itens de luxo. Ainda é cedo e as lojas recém estão abrindo, suas portas subindo uma a uma, o estalar metálico das grades a marcar meus passos. Aos poucos os turistas começam a surgir com seus mapas e câmeras, vindos de todos os quartos de hotel da cidade. Caminhando com as mãos nos bolsos, sinto inveja de todas as pessoas que iniciam um dia comum.

Diante de um manequim de vitrine sem rosto, cheiro meus dedos. O perfume de Aline ainda está em mim. A todo instante, recapitulo a madrugada. Mas não é no gosto da pele dela que penso. São as palavras que martelam minha mente. Não apenas as revelações, mas também as coisas que eu mesmo disse. Diante da manhã debochadamente ensolarada, mudo de opinião a todo instante. Por vezes penso que fui cruel demais. Mas em outros momentos concluo que fui fraco. Tudo graças a uma mulher que no fim das contas jamais conheci de verdade. Olho meu reflexo no vidro que me separa do manequim, a imagem de meu rosto a lhe dar feições, e lembro o momento em que afirmei ter perdido um ano de minha vida procurando por ela. Perdi mesmo?

Apesar do sol, a manhã é fria e tento me aquecer com passos rápidos. Sei o que procuro. Após cruzar por várias quadras, finalmente entro em uma joalheria. O vendedor parece se impressionar com a chegada de um cliente a esta hora. Peço a ele um par de anéis de ouro maciço. Sua resposta é um largo sorriso. Obviamente o homem atrás do balcão me apresenta duas joias com valores acima de minha realidade financeira. Porém nada que assuste a generosidade de nonno Floriano e seu cheque em branco, confiado a mim para possíveis imprevistos. E não consigo imaginar uma manhã mais imprevista do que esta.

— Una bella scelta, amico. Vuoi gravare i nomi della coppia negli anelli?

O comerciante, experiente e atencioso, elogia minha escolha e pergunta se quero gravar os nomes do casal na parte interna das alianças. E por que não?

— Si, per favore. Mi chiamo Antonello.

— Perfetto... e l'altro nome?

Os anéis reluzem nas mãos do sorridente vendedor. Imagino que todos os dias ele deva lidar com noivos muito mais animados do que eu. Por isso e por tudo que vivi nas últimas horas, também esboço um sorriso para as pequenas joias. Ou melhor: sorrio por tudo o que vivi nos últimos dez anos. O homem diante de mim aguarda pacientemente após perguntar que nome deve gravar no outro anel. Coço o queixo, calando por um momento. Aline, Bruna, Sabrina... entre tantas, só uma verdadeira. Engraçado... ela disse que talvez eu a perdoasse no instante em que cruzasse a porta do quarto. Tinha razão. Mas a questão agora é outra.

— Karolina. Con la lettera kappa.

2013

— Dio Santo! Attenzione, babbo!

O chamado me pega de surpresa, fazendo-me derrubar minha faca. Mas prontamente um assistente me alcança outra, limpa e afiada. Sorrio para Virginia, que bufa impaciente. Ela não diz mais nada, apenas me encara. Um olhar é tudo que precisa para eu perceber que estou fazendo algo errado. Puxou la mamma.

Não sei quanto tempo fiquei distraído diante da tábua de corte. Enquanto tento lembrar o que devo fazer com a cebola diante de mim, disfarço. Limpo as hastes engorduradas dos meus óculos na barra do avental e me pergunto o que seria de mim sem minha filha. Desde que Karolina se aposentou e decidiu se dedicar apenas ao lar e aos netos, é Virginia a responsável pela administração do ristorante. Desde o trato com fornecedores pela manhã até o desligar do letreiro de neon escrito Vecchio Gennaro ao fim da noite, tudo está sob a tutela de minha primogênita. A mim cabe apenas ser o dono.

Dei sorte. Todos os filhos puxaram à mãe. Virginia, Carolina, Federico... tutti buona gente. Adultos honestos e acima de tudo bons de garfo. Reuni-los aos domingos para almoçar é a maior prova de que não posso reclamar da vida. De difícil e sofrida, somente a digestão. Bem, talvez possa reclamar da Fiorentina, que nunca mais conquistou nenhum scudetto desde 69. Mas até isso poderia ser pior:

ao menos o Bangu também não ganhou mais nada de lá para cá.

O bolso de meu uniforme vibra e me canso por antecipação. Se já tenho dificuldade para mexer in questa cosa ao natural, com as mãos sujas a situação piora. Gostava mais quando esses aparelhos tinham botões. Hoje em dia o moderno é ter o telefone celular com a tela cheia de marcas de dedos encardidos.

"Toni, prendi un Chianti. Federico viene alla nostra casa oggi."

Sorrio para a mensagem, como se Karolina pudesse me ver. Nunca me canso de seu italiano irrepreensível, mas há anos tento convencê-la a me chamar de amore, e não de Toni. Ma va bene... Não vai ser depois de velha que minha esposa mudará. Além do mais não se pode reclamar de uma mensagem pedindo para levar vino para casa. O importante é que a curei de seu maior defeito. Uma bonita negociação de vícios: quando decidi largar o cigarro, ela aderiu ao vinho para me ajudar.

Ritorno il cellulare ao bolso e observo a tela onde são registrados os pedidos e o andamento deles. Impressionante a tecnologia atual. No meu tempo coisas simples como fazer uma ligação de uma cidade para outra eram tarefas hercúleas. Hoje posso me comunicar com o mundo todo em tempo real. Bastam alguns cliques no mouse. Cliques feitos por Virginia, é claro. As distâncias encolheram, tal qual um homem perdendo estatura à medida que envelhece. Lembro de nonno Floriano em sua última visita à Firenze, quase trinta anos atrás, pouco antes de falecer. Curvado, a pele cheia de dobras. Parecia um boneco de papel machê a se desfazer em lágrimas a cada reencontro.

Ah, sim. A cebola. Corto-a ao meio e uma leve ardência toma conta de meus olhos. Molho as mãos em água corrente e passo-as pelo rosto. Sinto minhas feições flácidas e enrugadas. Então olho para o retrato na parede da cozinha, ao lado de meus diplomas e certificados da vigilância sanitária. A foto mostra eu, Karolina, seus pais, irmã e nossos filhos em visita ao Rio de Janeiro nos anos 90. Eu já era uma sombra del marpione que um dia fui. E haja sombra, tal o tamanho de minha barriga. Já minha mulher ainda era bela, apesar do tempo também ter lhe aplicado seus golpes. Seus olhos se mantêm até hoje grandes e misteriosos. Já o mesmo não pode ser dito de seus quadris. Uma pena... tal qual a Pensão Santa Terezinha em Botafogo, demolida para dar lugar a um shopping center, a cintura de minha esposa perdeu-se em algum ponto dos anos 80.

— Toni! E il pappardelle al cinghiale? La signora della tavola otto aspetta!

Agora é Nicola quem me desperta. Irritado com minha demora, meu gerente ignora, como sempre, o fato de que o dono do restaurante sou eu. Acho graça. Assim como me divirto vendo-o seguidamente destratar nosso garçom mais novo. Um ragazzo sorridente, que vive a flertar com as clientes e a sumir nos horários de mais intenso movimento. "Un irresponsabile!", segundo meu velho e esquecido amigo.

Foco na cebola. Massa papardelle com carne de javali não é o que se pode chamar de prato delicado. De sabor marcante, é um pedido que não costuma ser feito per una donna. Ainda mais a frágil idosa que observo da janela redonda da porta da cozinha, solitária na oitava mesa. Ou é mais uma dessas turistas que sequer sabe o que está escrito no menu, ou é alguém que aprecia os sabores intensos da vida. Não deve ser o primeiro perfil. Somos um dos poucos restaurantes em Firenze com cardápio em dez idiomas. Lembro quando abrimos, com atendimento em cinco línguas: italiano, inglês, espanhol, alemão e português. A concorrência ria. "E da quando i brasiliani hanno condizione da venire in Italia, Antonello?". Hoje, com a Europa em crise e o Brasil emergindo economicamente, o Vecchio Gennaro surge como destaque nos guias para turistas, muitas vezes na mesma página do eterno Giubbe Rosse. Novos tempos.

La vecchia donna aguarda. Parece entretida com as fotos penduradas nas paredes. Especialmente com um retrato meu, ainda bambino, junto a meu pai em meio às árvores do Cascine. Recentemente, em meu aniversário de setenta e cinco anos, Nicola comentou que me tornei um velho parecido com Gennaro. Não pude deixar de concordar. E isso que ele não me ouve roncando. Pobre Karolina.

O número oito começa a piscar na tela de computador. Melhor preparar de uma vez esse prato. Afinal sou eu que atendo esse tipo de cliente. Desde que cheguei aos cinquenta anos, me dou ao luxo de ser um homem cheio de manias. Uma delas é que eu mesmo prepare e sirva o pedido sempre que o freguês for uma mulher desacompanhada e que aparente ter a minha idade. Quando criei essa regra, minha esposa ficou enfurecida. Realmente, parece coisa de pervertido. Então, ao longo dos anos, fui acrescentando outras regras à casa: também me nomeei responsável por atender brasileiros, clientes trajando camiseta da Fiorentina e pessoas famosas. Também é expressamente proibido o uso de catchup no estabelecimento. Que graça há na velhice sem o exercício da senilidade?

Espio a delicada senhora da oitava mesa mais uma vez. Ela segue alheia ao meu atraso, olhando tudo ao redor. Sinto meu coração bater mais forte. Penso novamente em mia Karolina. Ela jamais questionou meus segredos. E também nunca tentei desvendar os dela. Talvez essa seja a principal razão de estarmos juntos até hoje. Afinal todos temos coisas escondidas no porão. Se o meu já é escuro e assustador, por que entrar no dos outros? Pensando bem, porão não é uma boa metáfora... prefiro adega. Mas divago. Diante de uma cebola.

Jogo o papardelle na água escaldante e refogo um pouco do molho de cinghiale al vino rosso, uma deliciosa mistura de carne de javali desfiada, azeite de oliva, cenoura, alecrim, louro, vinho tinto e zimbro. Il odore do molho toma conta da cozinha. Mesmo com a porta fechada, la signora parece erguer levemente o nariz, como se farejasse sua pasta. Ou seria impressão minha?

Quando a massa está pronta, misturo-a ao molho. Sempre em movimentos delicados, para não partir nenhum pappardelle. Olho para a freguesa antes de montar o prato. De repente ela parece apreensiva. Ou apenas faminta? Bem vestida e maquiada, não é uma dessas turistas suadas que só querem matar a fome antes de pegar a próxima fila de museu. Com esmero, decoro seu pedido com um toque de folhas de zimbro. Una meraviglia, como não poderia deixar de ser. Em minha vida as únicas coisas que sempre saíram como o previsto foram os pratos que preparei. Nunca fui bom em fazer planos e adivinhações. Só em seguir em frente. O que não quer dizer que, ao final, o resultado não tenha sido uma delícia, tal qual este pappardelle. Final? Como os antigos romanos, bato três vezes na tábua de madeira à minha frente.

Tiro o avental e lavo as mãos, me aprontando para servir. Assim que saio carregando o prato, nosso garçom mais novo abre a porta da cozinha para mim. Quando cruzo por ele, o ragazzo sorri. Eu não. Na medida em que me aproximo da mesa oito, sinto uma palpitação familiar. Tento controlar minha excitação, enquanto ajeito o cabelo diante do reflexo de uma das janelas do ristorante.

Paro diante dela e sorrio. A freguesa corresponde. Sirvo sua pasta e peço desculpas pela demora. La vecchia consente com um aceno de cabeça, parecendo compreender perfeitamente minha língua. Tento não pensar que pode ser ela, mas é impossível. Por isso não controlo o frio na barriga quando a cliente olha para o seu prato com indisfarçável prazer. Tento ver seus olhos, mas me constranjo em encará-la tão acintosamente. Com o garfo ela faz um movimento rotativo, tentando prender um bocado de massa sem perder nada do molho.

A freguesa de cabelos totalmente brancos leva a comida fumegante à altura dos lábios e assopra. Quase sinto seu hálito, como uma brisa. Ela leva o talher à boca, fechando os olhos. Já eu, apenas me mantenho ao seu lado. Ela parece não se incomodar com isso. Por inúmeras vezes ao longo das últimas décadas me vi nesta posição. A observar uma mulher desconhecida experimentando um prato feito por mim. Para quase sempre retornar à cozinha, em silenciosa decepção, logo após a primeira garfada. Porém houve raríssimas vezes em que me vi instigado a permanecer um pouco mais.

Vezes como esta. Em que questa bella signora deleita-se enquanto mastiga, abrindo os olhos e se voltando para mim. Vezes em que me senti impelido a fazer uma pergunta. A única que realmente importa.

— Vino?

Aos que, com carinho, leram antes e não me impediram:
Álvaro Ribeiro Nicotti, Caio Bortolotti,
Caio Capparelli de Andrade, Claudia Tajes,
Danni Ferreira, Elisiane da Silva, Franciele Gambeta, Gustavo Lima, Henrique Barreira Lago,
Janice Battaglia Krause (Vó Janice), Juliana Dischke, Luiz Castro, Paula Nathali Pereira, Paulo Rossi Steffens, Patrícia Marques, Rafael Martins Trombetta,
Renata Guerreiro, Roberto Bresolin,
Ronaldo Capparelli de Andrade, Silvia Pinto,
Tatiana Bambrilla Corghi e Valesca de Assis.

A Antonio Hohlfeldt e Regina Zilberman
pela atenção e gentis palavras.

A Barbara Campanaro Marcos (www.vivatoscana.com.br)
e Marcela Schneider Ferreira (www.itperte.com)
pelas referências, sugestões e amizade em meu ano de Itália.

A Julia Dantas, Rodrigo Rosp e todo pessoal
da Dublinense, por dar vida a tudo isto.

E a Daniele de Paiva Galeriano,
la donna che è il vino della mia pasta.

Para consultar nosso catálogo completo
e obter mais informações sobre os títulos,
acesse www.terceiroselo.com.br.

Este livro foi composto em fontes
Arno Pro e Caviar Dreams e impresso
na gráfica Pallotti, em papel
pólen bold 70g, em setembro de 2014.